KB114057

十兵鬼
십병귀

오채지 新무협 판타지 소설

FANTASTIC ORIENTAL HEROES

십병귀 3

오채지 新무협 판타지 소설

초판 1쇄 찍은 날 § 2012년 6월 26일
초판 1쇄 펴낸 날 § 2012년 7월 3일

지은이 § 오채지
펴낸이 § 서경석

편집부장 § 권태완
편집책임 § 주소영
디자인 § 이혜정

펴낸곳 § 도서출판 청어람
등록번호 § 제1081-1-89호
등록일자 § 1999. 5. 31
어람번호 § 제2-2237호

주소 § 경기도 부천시 원미구 심곡2동 163-2 서경B/D 3F (우) 420-822
전화 § 032-656-4452 팩스 § 032-656-4453
http://www.chungeoram.com
E-mail § chungeorambook@daum.net

ISBN 978-89-251-2925-9 04810
ISBN 978-89-251-2887-0 (세트)

十兵鬼

십병귀

3

오채지 新무협 판타지 소설

FANTASTIC ORIENTAL HEROES

청람

第一章 낭보

비선이 다시 이어지고 있다는 남궁옥의 말은 모두를 충격에 빠뜨렸다. 어느 구석에 숨어 있는지 모를 비선을 일일이 찾아다니며 금사도로 향할 일이 아득했는데, 바로 그 비선이 스스로 일어나 끊어진 선을 잇고 있단다.

"어떻게 된 거죠?"

조원원이 달뜬 목소리로 물었다.

그녀는 지금의 상황이 이해되질 않았다.

숨죽여 있어도 목숨을 장담할 수 없는 위험한 시국에 왜 갑자기 수면 위로 올라오는가. 물론 고맙기 그지없는 일이지만,

그 이유도 어느 정도 짐작이 갔지만 보다 확실하게 듣고 싶었다.

"여러분을 돕기 위해서입니다."

남궁옥은 잠시 사이를 두었다가 말을 이었다.

"그리고 여러분의 뒤를 따르는 사람들을 안전하게 인도하기 위해서입니다."

"뒤를 따르는 사람들… 이라고요?"

"심산에 은둔했거나 신분을 숨긴 채 살아가던 정도무림의 생존자들이 하나둘씩 비선과 접촉을 해오고 있습니다. 그 숫자는 점점 늘어날 것입니다."

조원원은 가슴이 벅차올랐다.

처음 엽무백이 진자강을 이끌고 나타났을 때, 그가 황벽도를 피로 물들인 장본인이라는 말을 들었을 때, 오늘과 같은 상황을 마음속으로 학수고대했다. 그가 꺼진 불씨를 되살려주기를, 그래서 사람들에게 희망의 증거가 되어주기를 바라고 또 바랐다.

이제 그 불씨가 지펴지고 있었다. 그것도 생각했던 것보다 훨씬 빠르게. 많은 사람이 울분에 찬 세월을 보내고 있었다는 방증이다. 불씨는 점점 커질 것이다. 엽무백의 활약이 대단하면 대단할수록 더.

진자강은 어리지만 눈치가 없지 않았다.

자신들의 행보가 누군가에게 희망이 되고 있다는 말을 듣자, 더는 혼자가 아니라는 말을 듣자 눈시울이 뜨거워졌다.

"가슴이 떨려서 더는 못 듣겠군. 거 시원한 탁주라도 한 사발 얻어먹을 수 있겠소? 배가 출출한 것이 삶은 돼지고기도 한 점 곁들이면 더욱 좋고."

법공이 혀로 입술을 축이며 말했다.

남궁옥 일행이 왁자지껄하게 웃었다.

"하하하. 법공 대사께서 속법에 구애받지 않는 괴승이라는 소문은 들었소만, 직접 뵈니 과연 호탕하시오이다."

관자놀이를 향해 사납게 치솟은 눈썹의 외눈박이, 백선곡의 장기룡이 대소를 터뜨리며 말했다.

"대사는 무슨, 듣는 땡중 민망하게시리."

"하하하. 대사면 어떻고 땡중이면 또 어떻습니까? 중요한 것은 지난날 우리의 사부와 형제들이 피를 나누었던 것처럼 이제는 우리가 피를 나누어야 할 차례라는 것이지요. 어디 탁주뿐이겠습니까? 내 오늘 파양호의 수채를 모두 박살 내는 한이 있더라도 술은 얼마든지 대령할 터이니 오늘 이 장 모와 함께 인사불성이 되도록 한번 마셔봅시다."

"말만 들어도 간이 얼큰해지는구려. 어서, 어서 술독을 가지러 갑시다."

법공이 장기룡을 재촉하며 자리에서 일어났다.

수채를 박살 내는 한이 있더라도 술이 떨어지지 않게 해주겠다는 말을 수채를 박살 내야 술을 빼앗아 올 수 있다는 말로 알아들은 모양이었다.

아무렴 어떠랴.

마교가 중원무림을 침공한 이래 오늘처럼 희망적인 날을 본 적이 없거늘, 장기룡을 비롯한 몇몇 사람들이 껄껄 웃었다. 하지만 들뜨고 흥겨운 분위기에 찬물을 와락 끼얹는 사람이 있었다.

"걷지도 못하면서 뭘 생각들을 하고 있군."

엽무백이었다.

좌중이 일순간 찬물을 끼얹은 것처럼 고요했다.

모두의 시선이 엽무백을 향했다.

"이쪽에서 바늘을 뽑으면 그들은 송곳을 뽑아 들 거요. 이쪽에서 칼을 뽑으면 그들은 대병을 이끌고 와 썰어버리려 들거요. 이제부터 수를 셀 수도 없을 만큼 많은 사람이 죽어나갈 텐데 미리부터 축배라도 들자는 건가?"

엽무백의 서늘한 경고에 사람들의 얼굴이 흠칫 굳었다. 끊어졌던 비선이 이어지고 숨어 살던 정도무림의 생존자들이 다시 나와줘서 기쁘고 흥분되는 건 맞다.

하지만 싸움은 이제부터다.

아직 금사도의 위치조차 파악하지 못한 상태에서 사람들이 너도나도 기어나오면 마교로부터 역풍을 맞는 것은 당연지사, 단단히 준비를 하지 않으면 그나마 남아 있던 생존자들마저 씨가 마를지도 모를 일이었다.

엽무백이 그걸 서늘하게 일깨워 주었다.

"목이 칼칼해서 술 한 잔 얻어먹으려고 했더니만……."

법공이 꼬리를 말며 슬그머니 의자에 앉았다.

엽무백이 남궁옥을 향해 재우쳐 물었다.

"다음 비선은 어디요?"

"벌써 가시려는 겁니까?"

"행선지를 알아야 계획을 세울 수 있소."

"다음 비선은 호북의 무한(武漢)입니다. 하지만 어쩌면 여러분은 무한으로 가실 필요가 없을지도 모르겠습니다."

"어째서 그렇소?"

"아시다시피 많은 사람이 비선을 통해 어디론가 사라졌습니다. 금사도에 대한 소문은 그들이 어디로 갔느냐는 의문에서부터 싹텄지요. 금사도에 대한 소문이 사람들을 불러냈고, 사람들은 다시 비선을 통해 사라졌고, 그런 일은 몇 년간 반복되었습니다. 하지만 금사도의 진위에 대해 아는 사람은 아무도 없었습니다. 왜 그런지 아십니까?"

"돌아온 사람이 없기 때문이오."

"그렇습니다."

이미 들어서 알고 있는 내용이었다.

하지만 남궁옥은 진지하게 말을 이어갔다.

"오 년 전 한 사람도 비선을 통해 사라졌습니다. 다른 게 있다면 그는 살아서 돌아왔다는 거지요."

"……!"

"……!"

"……!"

"……!"

엽무백을 필두로 진자강, 조원원, 법공의 얼굴이 차례로 딱딱해졌다. 남궁옥의 말이 이어졌다.

"하지만 애석하게도 그는 금사도를 보지는 못했습니다. 대하(大河)를 앞두고 우연히 마주친 마교의 고수들로부터 기습을 받았고, 그 과정에서 비선의 인도자를 포함해 모두 죽었다고 하더군요. 유일하게 한 사람 그만 간신히 살아남아 마인들의 추격을 따돌렸다고 합니다. 제가 아는 한 비선을 통해 가장 멀리까지 간 사람이지요."

대하는 황하를 말한다. 황하는 대륙의 북쪽 국경과도 인접한 곳에 있다. 생각했던 것보다 훨씬 북쪽이다.

"그는 지금 이디에 있소?"

엽무백이 물었다.

"신분을 속인 채 비처에서 숨어 지내고 있다고 들었습니다."

"만날 수 있겠소?"

"불가합니다. 정체를 알 수 없는 세력이 그를 은밀히 추적하고 있습니다. 아마도 금사도일지도 모르는 비선의 마지막 목적지에 가장 가까이 간 탓이겠지요. 그는 아무도 믿지 않았습니다. 그리고 사라졌지요."

조원원과 진자강의 입에서 나직한 한숨이 흘러나왔다. 한데 곁에서 지켜보던 수뇌부들이 히죽히죽 실소를 흘리는 것이 아닌가. 남궁옥이 웃으며 말했다.

"그가 이리로 오고 있습니다. 빠르면 이틀, 늦어도 사흘 후면 도착할 것입니다."

"어떻게 된 거요?"

"사흘 전 그와 연락이 닿았습니다. 놀랍지 않습니까? 끊어진 비선이 다시 이어지고, 비선을 통해 가장 멀리 간 사람이 다시 비선의 영역으로 들어왔습니다. 이 모든 게 여러분 때문입니다."

남궁옥을 비롯해 몽중연의 수뇌부들이 갑자기 자리에서 일어났다. 그리고 엽무백을 필두로 조원원, 진자강, 법공을 향해 일제히 포권지례를 올렸다.

"남궁 모는 정도무림의 생존자들과 비선을 대표해 여러분께 감사의 말씀을 드리고 싶습니다. 이 암울한 환란의 시대에 용기를 내어주셔서 진심으로 감사드립니다."

느닷없는 사람들의 행동에 진자강은 어리둥절한 표정을 지었고, 법공은 혀로 입술을 축였다. 인사를 받고 있기 민망했던 조원원은 재빨리 공을 엽무백에게로 돌렸다.

"누군가 인사를 받아야 한다면 응당 엽 공자십니다. 저는 호중천으로 따라온 이분을 따르기만 했을 뿐, 엽 공자께서 매혼자들을 징치하고 마교의 간담을 서늘케 함으로써 이 땅에 협의가 아직 살아 있음을 증명하였습니다."

조원원의 말투는 낭독문을 읽듯 어색하기 짝이 없었다. 사람들의 돌발적인 행동과 갑작스럽게 경건해진 분위기 때문에 당황한 것이다.

남궁옥을 필두로 몽중연의 수뇌부들은 그걸 어찌 모르겠느냐는 표정이었다. 그들은 한없이 흠모하는 눈빛으로 엽무백을 응시했다. 조원원과 진자강도 덩달아 뭉클한 눈빛을 보내왔다.

'이상하게 돌아가는걸.'

엽무백은 당황스러웠다.

자신의 목적은 금사도를 찾아가 그곳에 있다는 미지의 고수를 만나 도울 일이 있다면 돕고, 싸울 일이 있다면 싸워 마교의 패망을 지켜보는 것이다. 애초 비선을 부활시키고 정도

무림을 재건할 생각은 눈곱만큼도 없었다. 영웅이 되어 정도 무림의 생존자들을 이끌 생각은 더더욱 없었다.

결과는 같지만 목적과 바라보는 관점이 다른 것인데, 이 난감한 상황을 어떻게 설명해야 하나, 굳이 설명할 필요나 있을까? 지금은 더 시급한 문제가 있다.

"일단 앉으시오. 궁금한 것이 아직 많소."

남궁옥과 사람들이 차례로 의자에 앉았다.

엽무백이 재우쳐 물었다.

"그가 대하를 앞두고 기습을 받았다고 했소?"

"아마도 금사도의 위치에 대해 궁금한 것이겠지요?"

"그렇소."

"금사도가 실제로 존재한다면 그건 아마도 대하(大河) 너머일 것으로 짐작됩니다."

"그렇게 생각하는 근거는?"

"대하를 넘지 않으려면 비선이 그곳까지 인도했을 리 없지 않겠습니까."

"적주님의 판단은 한 번도 틀린 적이 없어요."

사천당문의 후예 당소정이 불쑥 끼어들어 한마디를 보탰다.

엽무백의 시선이 잠시 당소정을 향했다.

남궁옥을 향한 그녀의 신뢰는 대단해 보였다. 그럴 만도 했다. 비록 지금은 멸문지화를 당한 무가의 후손이지만 그래도 용의 핏줄이 아닌가.

엽무백이 묵묵히 고개를 끄덕였다.

남궁옥의 말을 믿어보겠다는 무언의 표시였다.

조원원과 법공은 장고에 잠겼다.

대하는 황하를 말한다.

황하를 건너가려면 우선 눈앞에 있는 장강을 무사히 넘어야 한다. 장강은 대륙을 횡으로 가르는 천혜의 방어선, 문제는 시간이다. 신궁에서 병력이 달려와 장강을 봉쇄하기 전에 건너면 간단하다. 때를 놓치면 전쟁을 방불케 하는 싸움을 치러야 하리라.

어찌어찌하여 장강을 넘는다고 해도 끝난 게 아니다.

파도처럼 몰려오는 적들과 싸우며 대륙을 가로질러야 한다. 그러고도 황하를 넘어야 하고, 다시 존재조차 불확실한 금사도를 찾아가야 한다.

"최악 중의 최악이로군."

장고 끝에 법공이 말했다.

"골골마다 호랑이가 득실대는 첩첩산중도 그만큼 위험하진 않을 거예요."

조원원이 일어붙은 옴성으로 말했다.

그녀가 엽무백을 바라보며 다시 말했다.

"이건 불가능해요."

"그거 누가 당신에게 했던 말 같은데."

처음 만났을 당시 조원원은 비선을 다시 이어야 한다고 주장하다 호중천의 적노에게 면박을 받은 일이 있었다. 그때 적노가 조원원에게 해준 말이 그것이었다.

불가능하다.

이제는 입장이 바뀌어 조원원이 그 말을 하고 있었다.

"금사도가 가까이 있지 않을 거라는 건 짐작했지만 대륙을 정말로 끝에서부터 끝까지 가로질러야 할 줄은 몰랐어요."

"그래서 여기서 멈출까?"

"그런 뜻으로 한 말은 아니에요. 다만, 여정이 생각했던 것보다 훨씬 위험하고 험난한 탓에… 휴우, 이제 어떡하죠?"

"어떡하긴. 막으면 뚫고 방해하면 죽이고 가는 거지."

"말처럼 그렇게 간단하면 정말 좋겠네요."

"금사도에 도착하면 뭘 하려고 했어?"

"그거야 당연히 무적의 고수가 이끄는 결사대에 합류해 마교를 치는 거죠."

"어차피 싸울 거 가는 중에도 좀 싸우면 안 되나?"

몽중연의 수뇌부를 비롯해 장내에 있는 모든 사람들의 얼굴이 딱딱하게 굳어졌다. 놈들의 추격을 피해 도주하기도 바쁜 와중에 싸우자고?

"신궁에 상주하는 무인들의 숫자가 삼만, 외궁 팔마궁을 비롯해 중원 전역에 흩어져 있는 지단의 병력이 칠만, 도합 십만이야. 거기에 마교와 운명을 같이하는 매혼문과 마교의 지시를 무시할 수 없는 흑도방파들의 숫자까지 합하면 우리의 목숨을 노리는 자들은 백만은 넉넉히 될 거야."

사람들은 마른침을 꿀꺽 삼켰다.

"하지만 말야. 그 백만을 뚫고 대륙을 가로지른다면 어떻게 될까?"

사람들은 일제히 눈동자를 빛냈다.

가슴속에서는 무언가 뜨거운 것이 올라왔다.

"마교 놈들 제대로 엿먹이는 거지."

법공이 말했다.

"강호가 발칵 뒤집히겠죠."

조원원이 말했다.

"그럴 수만 있다면 마교는 공황상태에 빠질 거예요."

당소정이 말했다.

조원원은 잠시 당소정을 응시했다.

당소정은 무심한 표정으로 담담하게 조원원의 시선을 받았다. 시신을 거두던 조원원은 문득 복주와 남창에서 있었던 일이 생각났다. 그때마다 엽무백은 피하지 않고 싸웠다. 듣기

로 황벽도에서는 일흔두 명이나 되는 마인들을 몰살했다고
했다.

큰 틀에서 보자면 엽무백은 분명 노주를 하고 있다.

하지만 마교와 대치하는 상황이 되면 그는 주저없이 검을
뽑아 들고 적을 쳐 막대한 타격을 입혔다. 십 년 동안이나 은
둔해 있던 정도무림의 생존자들이 흥분하는 것도 그의 그런
박력 때문이다. 걸리적거리는 자들은 족족 베어 넘기면서 무
소처럼 돌진하는 엽무백의 모습에서 저도 모르게 가슴이 뛰
고 피가 끓어 오른 것이다.

조원원은 그제야 깨달았다.

엽무백은 자신들과 상황을 바라보는 시선이 달랐다.

자신들은 쫓긴다고 생각하는 반면 엽무백은 마교를 치며
전진한다고 보는 것이다.

"생각만 해도 손이 근질근질해지는걸. 아, 제발 탁주나 한
사발 했으면 좋겠다."

법공이 엽무백의 눈치를 살폈다.

이쯤 되니 조원원도 술 한 잔 생각이 간절했다.

모두의 시선이 집중된 가운데 엽무백의 입술이 열렸다.

"적이 코앞에 있어. 적당히 하도록."

*   *   *

청해에서 시작해 섬서성의 중동부를 양단하며 달리는 진령산맥(秦岭山脈)은 남과 북의 기후와 풍습마저도 바꿔놓을 정도로 위대한 자연의 장벽이었다.

진령의 신령한 지맥이 서린 평원에 거대한 궁이 자리하고 있었다. 과거 진령을 넘던 거상들이 말에게 물을 먹이기 위해 들르곤 했던 고대의 유적지가 천하마교의 성지이자 무림의 태두로 불리기 시작한 것은 불과 십 년이 채 안 되었다.

한 사람이 연못가를 거닐고 있었다.

가슴까지 내려온 은발의 수염과 우유처럼 희고 매끄러운 비단 장삼의 조화가 사뭇 신령스럽게까지 느껴지는 노인은 벌써 반 시진째 같은 자리를 맴도는 중이었다.

장고에 빠질 때면 언제나 그는 이곳을 고집했다.

잔잔한 수면 아래에서 느리게 헤엄치는 물고기들을 보고 있노라면 마음이 절로 가라앉으며 혹여 있을지 모르는 흥분과 오판을 경계할 수 있기 때문이다.

어느 순간 노인의 걸음이 멈췄다.

송사리 떼가 잉어의 앞을 지나가고 있었다.

무릇 잉어란 족속은 서두르는 법이 없다.

가슴시느러미를 느릿느릿 흔들며 부유하듯 신중하게 물속을 유영한다. 그러다 먹잇감이 사정거리 안에 들어오면 살진

몸을 반사적으로 비틀어 단숨에 먹잇감을 삼켜 버린다.

바로 지금처럼.

첨벙첨벙.

물거품이 일며 놀란 송사리 떼가 다급하게 흩어졌다.

동료 하나를 제물로 바치는 대가로 용케도 목숨을 구했지만 다음번엔 자신들의 차례가 되리라.

수면엔 작은 동심원이 퍼지면서 격전의 흔적을 지우고 있었다. 잉어는 또다시 느리고 무겁게 유영하기 시작했다. 유영할 땐 무겁게, 일단 결정이 나면 태산이 무너지는 것처럼 무섭게. 이것이 잉어의 사냥법이다. 인간사도 다르지 않다.

"수라멸진이 뚫렸다고?"

노인의 입에서 나직한 음성이 흘러나왔다.

"보고에 따르면 곤왕의 등장이 결정적인 패인이었다고 합니다."

맑은 신색에 문사풍의 청건을 쓴 중년인이 말했다. 한 점의 티끌도 허용치 않을 것처럼 깨끗한 옷차림과 과하지도 모자라지도 않는 동작이 무척이나 심유한 느낌을 주는 자였다.

"한 줌도 안 되는 것들이 성가시게 구는군."

노인은 허리를 펴 하늘을 올려다보았다.

잠시 시간이 흐른 후, 그의 입술이 다시 열렸다.

"적룡(赤龍), 내 밑에서 얼마나 있었느냐?"

"올해로 꼭 십 년째입니다."

"벌써 그렇게나? 섭섭하지 않았느냐?"

"무슨……?"

"내가 너를 제쳐두고 잠룡옥을 긴히 쓴다는 이유로 복심이 잠룡옥에게로 기울어진 게 아니냐는 말들이 돈다고 하더구나."

"떠도는 말이란 언제나 가볍게 마련이지요."

"사실이니라."

"……!"

"사람들은 무릇 지자란 비상해야 한다고 하지. 반만 맞다. 비상한 머리보다 더 중요한 것이 결단력이다. 지자의 가치는 중요한 결단을 내려야 하는 순간에 비로소 드러나는 법이지. 녀석은 과감했다. 일단 결정을 내리면 뒤돌아보는 법이 없었어. 지자란 그래야 해. 무언가를 손에 넣으려면 목숨을 걸어야 하거든. 그게 내가 녀석을 중히 쓴 이유다."

노인은 잠시 사이를 두었다가 말을 이었다.

"그래야만 안 되는 일을 되게 할 수 있다. 지자란 바로 그런 때 필요한 것, 그래서 지자의 세계에는 변명이 없는 것이다. 쓸 만한 사들을 골리보거라. 변명을 할 줄 모르는 녀석들로."

노인은 그런 사람이었다.

전폭적인 신뢰를 주는 것 같다가도 단 한 번의 실수에 그동안 주었던 신뢰를 모두 거두어 버린다. 그에게 인정받는 길은 오직 실력을 보이는 것뿐이다. 일단 실력을 보이면 신분과 내력을 따지지 않고 중용한다. 능력만 있으면 막대한 재물과 계집은 물론 원하는 건 무엇이든 가질 수 있게 해준다.

세상에 이처럼 공정한 사람이 어디 있겠는가.

재주가 있는 자들에게 마력과도 같은 일이었다.

대륙 곳곳에서 이름난 지자들이 달려와 노인에게 충성을 맹세했다. 그의 신뢰를 얻기 위해, 살아남기 위해 목숨을 걸었다. 그 숫자가 무려 일천. 오늘의 뇌총은 그렇게 해서 만들어졌다.

"목숨으로 보답하겠습니다."

적룡은 깊숙이 허리를 숙였다가 폈다.

이건 뇌총의 총주이자 일인지하 만인지상의 권력자 만박노사가 자신에게 주는 첫 번째 기회. 인사권은 곧 힘. 자신의 사람들로 채워보라는 뜻이다.

"십병귀라고 했던가?"

만박노사가 적룡을 돌아보며 물었다.

대화를 시작한 후 처음으로 나누는 시선이었다.

"살수들 사이에서는 전설적인 인물입니다. 열 개의 병기를 지니고 다니는데, 병기가 하나씩 늘어날 때마다 무력 또한 비례해서 강해진다고 하더군요. 기이한 건 그만한 명성에도 불구하고 놈의 내력을 알기는커녕 얼굴을 아는 자도 없다는 것입니다. 천망에서조차 열 개의 병귀를 쓰는 살인귀라고만 파악하고 있더군요."

"진정 그리 생각하느냐?"

"……?"

"삼공자가 가끔 신도로 찾아가 술을 나눴다는 미지의 존재가 바로 십병귀라고 하지 않았느냐. 삼공자가 신도로 야행을 갈 때마다 은밀히 동행한 자가 있다는 걸 모르지는 않을 테지?"

"불곡도(不曲刀) 신무광이라면 삼공자와 함께 신궁을 쳐들어올 당시 비마궁의 고수들에 의해 현장에서 척살된 것으로 압니다만……."

"죽었을지언정 없는 것은 아니지 않느냐. 사람의 가치란 그가 무엇을 알고 있느냐에 따라 달라지는 법. 뛰어난 지자라면 먼저 사람부터 볼 줄 알아야 하느니라."

"명심하겠습니다."

"잠룡옥이 일찌감치 놈의 가치를 알아보고 빼돌릴 계획을 세웠었다. 한데 잠룡옥보디 먼저 놈의 가치를 알아본 자가 있었지. 바로 신기자(神奇子)다."

신기자는 팔마궁 중 제일궁인 비마궁의 군사(軍師)로 만박노사를 상대할 수 있는 유일한 인물로 평가받는 자였다. 오죽하면 그들 둘을 일러 당대에 함께 태어난 것이 유일한 실책이라는 말이 떠돌까.

적룡은 머리끝이 곤두서는 듯한 충격을 느꼈다.

"그 말씀은⋯⋯!"

"놈이 비마궁에 살아 있다. 사흘 이내로 수단과 방법을 가리지 말고 내 앞에 끌어다 놓아라."

"잠룡옥과 금적무는 어찌할까요?"

"시간을 끌려면 제물이 필요하지. 놔두거라. 놈이 스스로 운명을 바꿀 수 있는지 보자꾸나."

"존명!"

                    *   *   *

남궁옥이 내어준 초옥은 외양간이 따로 없었다.

십여 평 남짓한 사각형의 공간에 화로 하나와 풀을 엮어 만든 기다란 침상이 방 안에 있는 물건의 전부였다. 고만고만한 아이들 일곱 명이 둥지 속의 새들처럼 웅크리고 있다가 졸린 눈을 비비며 일어나는 걸 보지 않았다면 정말로 외양간이라고 생각했을지도 모르겠다.

그곳에서 엽무백과 진자강, 그리고 법공이 하룻밤을 보냈다. 법공은 화주 다섯 말과 돼지 뒷다리 하나를 혼자서 다 먹어치우는 엄청난 식성을 보여주더니 침상에 몸을 던지자마자 코를 드렁드렁 골아댔고, 진자강은 화로를 껴안고 한참이나 몸을 녹이다가 결국 떨어졌다.

엽무백은 가부좌를 틀고 운공에 들어갔다.

그는 삼 종의 술법과 칠 종의 경신공, 십 종의 권장지공, 그리고 삼십여 종의 병장기공을 익혔다.

무릇 한 유파의 무학이란 상성이 맞아야 하고 궤를 같이해야 한다. 이는 정과 망치를 들고 평생을 바위산을 조각해 온 석수장이가 규방의 아낙처럼 매끄러운 바느질을 할 수 없는 것과 같은 이치다.

엽무백의 경우도 마찬가지였다.

오십 종이 넘는 무공은 전체가 하나이면서 하나가 곧 전체였다. 초식과 초식을 넘나드는 이 광활한 무공류의 이름은 북천류(北天流)였다.

그리고 북천류의 중심에 혼원요상신공(混元堯相神功)이 있었다.

고대로부터 기이한 존재들을 통해 이어져 왔다는 불사의 내공심법. 사람이 죽지 않을 수 있나. 만약 가능하다면 자연의 섭리를 정면으로 거스르는 일이다. 흔히 말해 상리를 벗어난 무공. 그래서 마공이다.

정기신(精氣神)이 열렸다.

정(精)은 본체를 이루며 신장에 머물고, 신은 일신지주(一身之主)로 심장에 자리한다. 정은 물질을 만들고 신은 물질을 관조하니 이 모든 걸 주재하는 건 기(氣)다. 기는 뇌에 깃들며 뇌력(腦力)을 생성한다.

북천류의 첫 번째 구결이었다.

온몸이 불같이 뜨거워지며 정수리에서 김이 모락모락 피어오르기 시작했다. 몸 안에 남은 온갖 노폐물과 독의 잔해가 상념과 함께 배출되면서 정순한 자연의 진기가 쌓이기 시작했다.

혼원요상신공은 내공심법이면서 기공(氣功)이고, 동시에 대자연에서 훔친 신의 힘이다.

운공은 밤을 지나 새벽 별이 뜰 때까지 이어졌다.

그러다 잠깐 잠을 붙였다가 문득 괴이한 구령 소리를 듣고 퍼뜩 깨어났다.

"천제악 개자식!"

"천제악 개자식!"

천제악은 죽은 초공산 전대 교주의 뒤를 이어 팔대교주가 된 칠공자의 이름이다. 별호는 창룡군(蒼龍君), 이제 교주 되었으니 창룡군이라는 별호보다는 혼마로 불리게 될 무소불위의 권력자가 바로 그다. 한데 천하에 누가 있어 감히 그를 개자식이라고 부른단 말인가.

第二章 당문의 후예

엽무백은 옷을 걸치는 둥 마는 둥 재빨리 밖으로 나갔다.
작렬하는 태양 아래에서 십수 명의 아이들이 모래주머니를
주렁주렁 매달고 뜀박질을 하는 중이었다.

괴이한 복창은 아이들의 입에서 나온 것이었다.

아이들이 축 삼아 도는 원 안에는 쇠몽둥이를 어깨에 척 걸
친 법공이 무섭게 노려보며 호통을 치고 있었다.

"주련(走練)은 기본공 중의 기본공이다. 건각(健脚)을 만들
지 않고는 제아무리 고절한 무공을 익힌다 해도 결국엔 사상
누각(砂上樓閣)에 지나지 않는 법. 거기 너, 대가리 큰놈. 그래

너 말이야. 나중에 마교 놈 칼에 뒈질래? 지금 땀흘리고 살래?"

"지금 땀 흘리고 살겠습니다아!"

"그걸 아는 놈이 모래주머니에 구멍을 뚫어? 이리 와서 대가리 박아."

흠칫 놀란 사내아이 하나가 득달같이 달려와서는 법공의 발치에 머리를 박았다.

법공은 다시 아이들을 쓸어보며 고함을 질렀다.

"목청이 작다. 그런 기백으로 어떻게 마교를 쓰러뜨릴 건가! 깔짝깔짝 하다가 말작시면 다들 집어치워! 나도 번거롭고 귀찮아."

"천제악 개자식!"

"천제악 개자식!"

법공의 엄포에 아이들이 목구멍이 찢어지라 고함을 질러 댔다. 아이들 속에 섞여 바락바락 악을 쓰는 진자강의 모습도 보였다.

"아침부터 뭐하는 거야?"

엽무백이 법공의 뒤통수에 대고 물었다.

법공이 힐끗 뒤를 돌아보며 말했다.

"깼나?"

"뭐하는 거냐고 묻잖아?"

"나더러 당분간 교두 노릇을 해달라더군."

"누가?"

"남궁옥이."

"왜?"

"전통이래. 여길 거쳐 가는 사람들은 모두 자파의 비기 하나씩은 내놓아야 한다나 뭐라나? 미래의 협객들에게 여러 가지 무공을 견식하게 하고 싶은 모양이지."

이해할 수 있었다.

정도문파의 씨가 마른 지금, 아이들은 그 옛날처럼 타 문파의 제자들과 교류를 할 수도 없고 대련을 할 수도 없다.

백문이 불여일견이라는 말도 있거니와 무공 수련에 있어서 풍부한 경험의 중요성은 아무리 강조해도 지나치지 않는다.

그 와중에 구대문파, 거기서도 태산북두 소림에서 곤왕으로 이름을 떨치던 절정고수가 몽중연을 찾아왔는데 이 기회를 놓칠 리가 있나.

그걸 알기에 법공도 흔쾌히 수락한 것이다.

지금 정도무림의 생존자들은 문파를 초월해 모두가 하나였다.

"그러면 무공을 가르칠 것이지 왜 욕질을 가르쳐?"

엽무백은 '그것도 중이'라는 말을 덧붙이고 싶었지만 차마 아이들 앞이라 그 말만은 못했다.

"모르는 소리. 어렸을 때부터 주적에 대한 적개심을 뼛속까지 심어줘야 한다고. 그래야 마교 놈들만 보면 본능적으로 이를 갈고 치를 떨지."

법공은 다시 고개를 돌려 아이들을 향해 호통을 쳤다.

"이제부터 협곡에 들어가서 본격적으로 무공을 손봐주겠다. 걸음은 오리걸음, 구령은 '이정갑 개자식' 실시."

이정갑은 팔마궁 중 제일궁인 비마궁의 궁주다.

아이들은 또다시 '이정갑 개자식'을 외치며 법공을 따라 절벽 사이로 난 틈으로 사라졌다.

저만치 멀어지는 법공을 보면서 엽무백은 혀를 끌끌 찼다. 어쩌다 저런 인간이 소림사에 들어가 머리를 깎았는지 모르겠지만 아무리 생각해도 중이 될 팔자는 아니었던 게 분명했다.

엽무백은 천천히 마을을 살폈다.

깎아지른 절벽이 삼면을 둘러싼 탓에 마을은 전체적으로 뭍을 향해 움푹 들어온 호리병을 닮았다. 호리병의 넓이는 대략 이천여 평, 마을이라고 하기엔 턱없이 좁고, 광장이라고 하기엔 조금 큰 그곳에 십여 채의 초옥이 흩어져 있었다. 간밤에 들었던 남궁옥의 설명에 따르면 이곳에 오십여 명의 남녀노소가 거주한다고 한다.

사람들의 숫자에 비해 초옥의 수가 작더라니 절벽 사이로 또 다른 공간이 있었다. 법공을 따라간 아이들의 복창 소리가 점점 잦아지는 걸 보면 넓이가 작지 않은 모양이었다.

엽무백은 다시 바깥으로 시선을 던졌다.

호리병의 주둥이에 해당하는 협곡엔 안개가 자욱해 안갯속에 숨은 연못이란 말을 실감케 했다.

적들이 이곳으로 들어오려면 저 안개를 뚫고 미로와 같은 협곡 사이로 난 강을 반 시진이나 통과해야 한다.

한두 명의 고수라면 모를까, 대병력이 들어오려면 반드시 배를 이용해야 한다. 몽중연의 사람들이 그 광경을 두고 볼리 없으니 천혜의 비처인 셈이다.

일단 위치는 안심이다.

한데 의아한 구석이 있었다.

'이상한걸.'

엽무백은 협곡을 연한 수변을 보며 생각에 잠겼다.

대저 강이란 심산의 깊은 골에서 시작해 바다를 향해 흐른다. 세상의 그 어떤 강도 협곡의 중간에서 뭉툭하게 잘리는 경우는 없다.

한데 이곳은 그렇다.

협곡을 따라 구불구불 이어지던 강물이 마을을 앞두고 갑자기 뚝 끊어졌다. 게다가 물도 흐르지 않는다. 협곡이 바람을 막아선 탓인지 파도도 치지 않았다. 괴이하기 짝이 없는 노릇이었다.

"강이 아니라 호수인 탓이죠."

갑작스럽게 들려온 목소리에 곁을 돌아보았다.

허리에 칼을 찬 한 여자가 걸어오고 있었다.

사천당문의 생존자인 당소정이었다.

독왕(毒王) 당사량의 혈육으로 한때는 소공녀라 불리며 공주에 버금가는 호사를 누렸을 여자.

조원원이 싱그러운 봄이라면 당소정은 겨울이었다. 눈이 내리듯 무표정한 얼굴 속에 느껴지는 한줄기 맑고 차가운 아름다움은 누구라도 빨아들일 것 같은 신비한 마력과 함부로 가까이할 수 없는 고고함을 동시에 지니고 있었다.

물론 엽무백은 개의치 않았지만.

"호수?"

"당신은 강을 거슬러 온 것이 아니라 호안을 따라 만들어진 복잡한 협곡을 지나온 거예요. 몽중연은 호반에 자리 잡았죠."

이해는 되지만 그래서 더 이상했다.

호반에 이런 괴이한 협곡지대가 존재했다니.

간밤에 배를 타고 지나온 협곡지대는 절경 중의 절경이었는데 왜 여태껏 세상에 알려지지 않았을까?

호귀(湖鬼) 때문이다.

노야묘수역에 산다는 호귀가 다가오는 모든 배를 집어삼켜 버리니 사람들이 두려워 접근을 꺼릴밖에.

"잠자리는 편안했나요?"

"풍찬노숙도 감사할진대 배불리 얻어먹고 침상까지 얻어 썼으니 편안하지 않으면 이상하지 않겠소?"

애석하게도 당소정은 그렇지 못한 것 같았다.

뜬눈으로 밤을 새웠는지 눈 밑이 시컴시컴했다.

"전 밤새 한숨도 못 잤어요."

"……?"

"백악기에 대한 얘기를 좀 더 들을 수 있을까요?"

당소정의 얼굴이 살짝 경직되었다.

그건 주저함이었다.

그녀는 잠시 숨을 가다듬은 다음 입을 열었다.

"오래전 당문의 고수 일백이 어딘가로 이동 중에 잠시 대야산(大野山)으로 숨어든 적이 있었죠. 하지만 귀환도가 이끄는 철갑귀마대에 의해 포위를 당했고, 칠 주야 동안 이어진 혈투 끝에 몰살을 당했어요. 마지막 전투가 있던 날 밤 아버지께서 열세 살이었던 저를 땅속에 묻으시며 말씀하셨죠. 반드시 살아남아 당문의 맥을 이어달라고."

당소정이 잠시 사이를 두었다.

죽은 아버지가 그리운 탓일까? 눈동자엔 눈물이 그렁그렁 맺히는 듯했지만 그녀는 끝내 이를 악물고 눈물을 삼켰다.

"땅속에서 약간의 물과 건량만으로 버텼어요. 시간이 얼마나 지났는지 알 수가 없었죠. 그러다 어느 순간 불구덩이 속에 던져진 것처럼 뜨거워졌어요. 숨을 쉬기 위해 연결해 놓은 대롱을 통해서도 말할 수 없이 뜨거운 열기가 전해지고…… 물이 떨어지고 건량이 떨어졌어요. 더는 살 수 없을 것 같아 밖으로 나와보니 닷새가 지났더군요. 화마가 휩쓸고 간 대야산은 남아 있는 게 없었어요."

엽무백은 약간 놀랐다.

대야산의 혈사는 워낙 유명해서 모르는 사람이 없었다.

그때 귀환도는 당문을 멸족시킨 후 왜인지 모르게 산불을 질렀다. 혹여 있을지 모르는 생존자를 색출하기 위한 일이라고 생각했는데, 이제 보니 당소정을 찾아내기 위한 것이었나 보다.

엽무백은 비로소 당소정이 살아남게 된 이유를 알 수 있었다. 더불어 그녀가 어떤 지옥 같은 고통을 겪었는지도…….

"그날 대야산에 쌍살검 백악기도 함께 있었죠. 그는 아버지의 오랜 벗이자 친구였어요. 심산을 떠돌던 저희를 찾아와 금사도로 인도하겠다고 해서 따라나선 길이었고요."

"백악기가 귀환도와 짜고 유인을 했군."

엽무백의 음성이 착 가라앉았다.

백악기가 죽었다는 소식을 들었을 때 당소정이 눈물을 글썽인 이유를 이제야 알 것 같았다. 갈가리 찢어 죽여도 시원찮을 원수가 죽었다는 소식을 들었으니 가슴이 뜨거워지지 않겠는가.

"이후 독공과 암기술은 물론 도법까지 홀로 수련을 했죠. 단 하루도 편안히 밥을 먹거나 잠을 자본 적이 없어요. 그러던 어느 날 복수를 할 수 있을 만큼 강해졌다는 생각이 들었고, 백악기가 있다는 황벽도로 떠나기 위해 주변을 정리하기 시작했죠. 그때 누군가 그를 죽여 버렸다는 소식을 들었어요."

"……!"

아니다.

엽무백의 생각이 틀렸다.

당소정은 원수가 죽어 기뻤던 것이 아니라 제 손으로 복수를 하지 못해 낙담했던 것이다. 정확히 말하면 원수가 죽었다는 기쁨과 제 손으로 복수를 하지 못했다는 절망감에 가슴 저 깊은 곳으로부터 정체 모를 감정이 복받친 것이다.

그리고 엽무백과의 대화를 통해 불구대천의 원수가 죽던 그 순간 그곳에서의 공기를 직접 느끼고 싶었던 것이다.

그래야 실감할 수 있을 것 같으니까.

그래야 가슴속에 응어리진 한을 풀 수 있을 것 같으니까.

엽무백은 말없이 당소정을 바라보았다.

당소정은 잠시 시선을 나누었지만 이내 고개를 돌렸다. 발갛게 물든 볼이 창백한 얼굴과 대비되어 마치 눈송이를 맞은 매화처럼 청초한 아름다움을 풍겼다.

"괜한 말로 귀찮게 해드린 것 같군요. 곧 아침 식사가 준비될 거예요. 그럼."

당소정이 가볍게 묵례를 하고 돌아섰다.

엽무백의 그녀의 손목을 잡아당겼다.

당소정이 당황한 표정을 지었다.

엽무백이 검파를 당소정 쪽으로 내밀었다.

"뽑으시오."

"이게… 뭐죠?"

"그때 난 두 자루 검을 썼소."

"……!"

어리둥절해진 당소정은 엽무백을 한참이나 응시할 뿐이었다. 그 순간, 엽무백이 검갑을 슬쩍 위로 쳐올린 후 뒤로 세 걸음을 물러났다. 검갑에서 빠져나온 검신이 시퍼런 예광을 번뜩이며 떨어졌다. 당소정이 한 손을 뻗어 엽무백의 검을 낚아챘다.

그 순간, 엽무백이 벼락처럼 당소정의 목을 베어갔다.

깡!

놀란 당소정이 재빨리 검신을 모로 세워 엽무백의 공격을 막았다. 엽무백은 계속해서 나아가며 검초를 휘둘러 갔다. 단순한 초식이 아닌, 한 걸음 앞선 보법으로 그녀의 보법을 막아 오직 한 가지 방법으로만 반응을 하게 만드는 괴이하고 신랄한 초식이었다.

매번 활로가 막히자 당소정은 철판교의 수법을 발휘 상체를 급박하게 뒤로 꺾으며 물러날 수밖에 없었다.

"무슨 짓이에요!"

"백악기의 공격은 이것보다 열 배 정도 빨랐소. 쌍살검이라는 별호답게 두 자루 검을 질풍처럼 휘두르는데 가히 섬광과도 같은 속도였지."

그제야 당소정은 엽무백이 그때의 싸움을 복기하려 한다는 걸 알아차렸다. '그때 난 두 자루 검을 썼다'라는 말 속에 모든 것이 담겨 있었다.

당소정은 허리춤에 매여 있던 칼까지 뽑아 두 자루 검으로 만들었다. 지난날 백악기를 상대하던 엽무백과 비슷한 무장이 된 것이다.

순간, 엽무백의 입에서 일갈이 터져 나왔다.

"반장수(反掌手)를 펼치시오."

어느 문파 어느 무공에나 들어 있는 초식들이 있다. 일도양단(一刀兩斷)이니 횡소천군(橫掃千軍)이니 하는 것들이 그렇다. 이름은 제각각이지만 병기가 흐르는 방향은 대동소이했다. 반장수 역시 마찬가지였다.

활처럼 휘어졌던 당소정의 상체가 발딱 일어났다.

"팔방풍우(八方風雨)!"

엽무백의 입에서 명령이 떨어졌다.

당소정이 검과 칼을 연달아 이어 붙이며 초식을 난상으로 뿌려대기 시작했다.

독과 암기의 그늘에 가려 상대적으로 빛을 보지 못했을 뿐 사천당문의 도법은 결코 약하지 않았다. 흡사 만천화우(滿天花雨)를 연상케 할 정도의 막강한 기세가 쇄도해 왔다.

엽무백은 검과 도의 폭풍 속으로 일검을 가볍게 찔러 넣었다. 세 자루의 병기가 난상으로 얽히며 맹렬한 불꽃이 튀었다.

까라라라라랑!

한순간 엽무백의 검이 급속도로 느려졌다.

당소정도 덩달아 속도를 늦추었다. 엽무백을 다치게 하고 싶지 않았기 때문이다. 그 순간 엽무백의 입에서 서늘한 호통이 터져 나왔다.

"그 순간을 보고 싶다면 전력을 다하시오!"

당소정은 정신이 번쩍 들었다.

지금 이 순간 엽무백은 백악기고, 자신은 엽무백이다. 엽무백은 당시 백악기가 펼쳤던 검로의 속도를 보여주려 했는데, 당황한 당소정이 함께 속도를 늦춘 것이다.

당소정이 다시 속도를 높였다.

세 자루의 병기가 다시 사납게 얽혀들었다.

난데없는 칼싸움에 사람들이 하던 일을 멈추고 너도나도 달려와 두 사람을 에워싸기 시작했다. 그들의 눈에 비친 엽무백과 당소정의 싸움은 한마디로 괴이하기 짝이 없었다.

강호를 발칵 뒤집어놓은 엽무백이 당소정 하나를 어쩌지 못해 쩔쩔매고 있는 것이 아닌가. 비무라고 해도 이상하고, 실전이라고 하면 더더욱 말이 안 되었다.

한편, 당소정은 지금 엽무백이 휘두르는 검과 자신이 휘두르는 검의 속도를 계산해 당시 엽무백과 백악기의 검을 완벽하지는 않으나 어느 정도 짐작할 수 있었다.

그녀가 아는바 백악기는 손에 꼽을 정도로 쾌검을 구사하는 검사다. 그런 자를 상대로 이만한 격차의 쾌검을 펼쳤다면……

'환검(幻劍)!'

쾌(快)가 극(極)에 이르면 눈으로도 좇을 수 없게 되고, 그때부터 검신은 잔영만 흘린다.

흔히 말하는 검영(劍影)이다.

그런 검영이 지각할 수 있는 숫자의 한계를 넘어서게 되면 그때부턴 환검이 된다. 형체도 없고 소리도 없으며 검로가 무의미해지는 순간이다.

백악기는 마치 수십 자루의 검이 박힌 거대한 톱니바퀴가 맹렬하게 회전하는 것과도 같은 착각을 느꼈을 것이다.

당소정은 엽무백이 진짜 백악기라도 되는 것처럼 공격의 고삐를 조여갔다. 검파를 쥔 손에 힘이 들어갔다. 검초는 무서운 속도로 엽무백을 난도질해 갔다.

엽무백과 자신의 무공 격차를 고려할 때 전력을 쏟아부어도 엽무백의 옷자락 하나 건드리지 못할 거라는 믿음이 있기에 가능한 공격이었다.

그 순간, 엽무백이 갑자기 검을 아래로 늘어뜨리더니 느닷없이 검권 속으로 뛰어들었다. 속도를 이기지 못한 당소정의 검과 칼은 엽무백의 온몸을 정말로 난도질해 버렸다.

"앗!"

놀란 당소정이 후다닥 물러났을 때는 엽무백의 옷자락이 사방으로 잘려 나간 후였다. 다행히 피는 흐르지 않았다. 어떻게 했는지 모르지만 엽무백이 몸을 귀신같이 놀려 정확히 옷자락만 잘려 나가게 한 모양이었다.

이긴 상대를 죽이는 것보다 백 배는 어려운 경지다. 당소정은 사색이 된 얼굴로 그 자리에 얼어붙어 버렸다.

"싸움을 시작한 지 다섯 호흡 정도 지났을 때 백악기의 몸 일곱 군데에서 핏물이 터졌소. 내가 두 자루 칼로 가슴과 배, 그리고 어깨를 난상으로 쑤셔댔거든."

엽무백의 말이 이어졌다.

"백악기는 비명 같은 일갈과 함께 검기를 뽑아냈소. 그때 난 일 장 밖으로 물러나서 피를 낭자하게 흘리는 그를 지켜보았지. 그리고 잠시 후 망연자실한 얼굴로 가쁜 숨을 몰아쉬는 백악기에게 다가가 교룡승천(交龍昇天)의 수법으로 그의 숨통을 끊어놓았소. 이게 그날 나와 백악기 사이에 있었던 싸움의 전말이오."

교룡승천은 두 자루 검을 교차해 휘두르는 수법이다. 역시 쌍검을 다루는 문파라면 어디에나 있는 흔한 수법.

'내가 무슨 짓을 하고 있는지 모르겠군.'

복기를 모두 끝낸 엽무백은 당소정을 향해 손을 내밀었다. 검을 돌려달라는 말이었다. 당소정은 벌겋게 달아오른 얼굴로 엽무백을 바라보았다.

"당신은 제가 지금까지 뼈를 깎는 고통을 견디며 살아온 가장 큰 이유를 제거해 버렸어요. 하지만… 고마워요."

"고마워할 것도, 실망할 것도 없소. 귀환도 금적무가 아직 두 눈을 시퍼렇게 뜨고 살아 있으니까. 후일 금적무를 만나거든 당신 몫으로 꼭 남겨두리다."

당소정의 입꼬리가 살짝 늘어났다.

그녀를 만난 이후 처음으로 보는 미소였다. 그건 다른 사람들에게도 마찬가지인 모양이었다. 곳곳에서 '방금 웃은 거맞지?'라는 말들이 가늘게 흘러나왔다.

"옷을 새로 가져와야겠어요."

당소정은 검파를 엽무백에게 떠넘기듯 쥐여주고는 어디론가 사라졌다. 그녀가 사라지는 것과 동시에 조원원이 사람들을 헤치고 났다. 싸움이 벌어졌다는 소식을 들었는지 얼굴이 잔뜩 상기되어 있었다.

"무슨 일이에요?"

"아침부터 연애질을 했지."

걸쭉한 목소리가 엽무백의 대답을 대신했다.

엽무백은 어떤 후레자식이 이런 밑도 끝도 없는 소리를 하나 싶어 고개를 휙 돌렸다. 육 척 장신의 거구 법공이 팔짱을 낀 채 사람들 틈에 서서 딴청을 피웠다.

"무슨 헛소리야?"

"난 다 봤지."

법공이 씨익 웃고는 바람처럼 사라져 버렸다.

"저런 미친 중놈을 봤나."

엽무백이 눈알을 부라리며 달려가려는데 왼쪽으로부터 차디찬 냉기가 전해졌다. 슬그머니 고개를 돌려보니 조원원이 착 가라앉은 눈동자로 엽무백을 노려보고 있었다.

"오해하지 말라고. 난 단지 백악기가 어떻게 죽었는지 알고 싶다고 해서 싸움을 복기해 보여준 것뿐이라고."

'내가 왜 이런 변명을 하고 있지?'

"그쪽이 연애를 하든 비무를 하든 제 알 바 아니에요. 하지만 우리의 목적이 금사도를 찾아가는 것이라는 것만큼은 잊지 말아주길 바라요."

조원원은 법공만큼이나 밑도 끝도 없는 소리를 던져 놓고는 찬바람을 쌩 일으키며 사라져 버렸다.

홀로 남은 엽무백은 황당하기 짝이 없었다.

오늘은 아침부터 이상한 일투성이였다.

마을 사람들 전부가 한자리에 모였다. 마당이라고 해야 할지, 공터라고 해야 할지 모를 마을 한복판에 십여 개의 커다란 탁자를 줄지어 놓고 모두가 마주 앉아 식사를 하는 게 이들의 풍습이었다.

조촐하지만 정갈한 음식이 나왔다.

편안한 잠자리에 이어 깨끗한 식사까지.

남창으로 접어들 때까지만 해도 두 발을 뻗고 잘 일은 없을 거라 생각했다. 이래서 세상일은 한 치 앞을 알 수가 없는 모양이다.

남궁옥은 비룡문의 위상문, 불이검문의 구일청, 성하장의 송백겸, 백선곡 장기룡, 사천당문의 당소정과 함께 엽무백의 맞은편에 앉았다.

엽무백은 진자강, 조원원, 그리고 법공과 함께 나란히 앉아 식사를 했다. 지난밤 엄청난 식성을 보여줬던 법공은 오늘 아침도 일관성 있는 모습으로 사람들을 놀라게 했다.

술 두 말을 홀짝홀짝 마셔가며 삶은 닭 세 마리를 아작 내는데 그 모습이 가히 엽기적이었다. 한데 진짜 충격적인 것은 술과 닭 세 마리를 해치운 후에 그가 한 말이었다.

"안주도 먹고 했으니 이제 슬슬 식사를 시작해 볼까?"

이러면서 눈앞에 보이는 것들을 죄다 쓸어 담아 입안에 넣기 시작했다. 사람들은 하나같이 입이 쩍 벌어졌다. 오죽했으면 몽중연의 누군가가 '저 사람은 꼭 쫓아내야 해요'라며 속삭였을까.

법공이 시작을 그렇게 끊은 탓일까?

진자강과 조원원까지 게걸스럽게 먹어치우는 모습을 보고 있자니 엽무백은 조금 부끄러웠다.

식사를 하는 동안 사람들은 엽무백을 흘끔거리기 바빴다. 느닷없이 등장해 강호를 진동시키는 정체불명의 고수가 어떤 내력을 지녔는지 궁금해 미칠 지경인 것이다.

엽무백은 일절 신경 쓰지 않았다.

식사 자리에 앉기 전 진자강이 살짝 귀띔을 해준 바가 있었다.

"아이들이 그러는데 마을 사람들은 엽 아저씨를 구대문파의 장로들이 후일을 도모해 숨겨둔 공동전인이라고 믿는데요."

"엽 대협은 사문이 어디시오?"

누군가 참지 못하고 물었다.

맞은편에 앉아 있던 남궁옥과 당소정도 식사를 멈추고 엽무백을 바라보았다. 그들 역시 내심 그게 궁금했던 모양이다.

때가 왔다.

언제까지 이들에게 숨길 수도 없고, 숨기고 싶지도 않았다. 엽무백이 주발을 탁자 위에 놓고 입을 열려는 순간 조원원이 대답을 가로챘다.

"심산의 고수에게 사사했죠."

"심산의 고수라도 무명이 있을 게 아니오."

누군가 다시 물었다.

이번에도 조원원이 대답을 가로챘다.

"산노(山老)라고 하더군요."

"산에 사는 늙은이? 거참 성의없는 무명이로군."

"멍청하기는, 척 보면 모르겠나. 은둔고수가 자신의 내력이 알려지는 걸 싫어한 나머지 그렇게 무명을 지은 게지."

"그런가?"

"세상은 넓고 기인이사는 많은 법. 세상에 알려지지 않은 은둔고수가 마교의 패악을 보다못해 제자의 하산을 허락한 모양이군. 어느 고인인지 모르나 엄청난 고수일 게 분명해."

산노라는 조원원의 한마디에 사람들은 제 마음대로 해석해 버렸다. 엽무백에게도 더는 묻지 않았다. 은둔고수의 제자라면 그 역시도 내력을 밝히길 꺼릴 거라고 지레짐작한 탓이다.

엽무백은 조용히 조원원을 바라보았다.

조원원은 눈길 한 번 주지 않고 식사를 이어나갔다.

"나한테 뭐 화난 거 있어?"

"내가요? 왜요?"

조원원이 두 눈을 동그랗게 뜨고 엽무백을 바라보았다. 입 안엔 뜯다 만 닭다리가 가득 물려 있었다.

"됐어. 있어도 어쩔 수 없고."

엽무백이 한마디 툭 내뱉고는 남은 닭다리를 뜯어갔다. 조원원이 떨떠름한 표정을 지었다.

"무슨 말이 그래요?"

"뭐가?"

"화가 난 것 같으면 풀어주려고 노력해야 하는 거 아니에요? 오해라든지. 미안하다든지."

"내가 왜?"

"동료니까요."

"동료면 그래야 하나?"

"작은 금이 제방을 무너뜨리는 거라고요. 전쟁을 앞둔 동료 사이에 신뢰가 없으면 어떻게 되겠어요?"

"그래서 불만이 있다는 거야 없다는 거야?"

"없어요."

"그런데 뭐가 문제야?"

조원원은 약이 오른 나머지 칠공에서 연기가 솟을 지경이었다. 엽무백은 그런 조원원을 뒤로하고 남궁옥에게 물었다.

"바깥 동정은 어떻소?"

"철갑귀마대가 해화방을 비롯한 무림방파들을 모두 동원해 파양호 일대를 이 잡듯이 뒤지고 있습니다."

"얼마나 버틸 수 있겠소?"

"파양호는 내륙 속에 있는 바다죠. 넓이만도 장장 십억 평에 이르며 복잡한 호안선은 한 달을 뒤져도 모두 돌아보지 못할 것입니다."

"간밤에 몽중연을 두고 하늘에선 볼 수 있어도 땅에서는 볼 수 없는 지대라고 했는데, 그 말이 맞소?"

"그렇습니다."

"놈들에게 하늘의 눈이 있다는 걸 아는지 모르겠군."

"천웅을 두고 하는 말이군요. 염려 놓으십시오. 천웅이 제 아무리 영조라고는 하나 사람의 얼굴까지 알아보지는 못하는 법이니까요."

천웅이 목표물을 추적하는 원리는 사냥개가 사냥감을 노리는 것과 같다. 사냥을 하려면 우선 천웅을 기르고 훈련한 사람이 잡고자 하는 대상과 십 리 이상 가까워져야 한다. 그런 상태에서 천웅을 하늘에 날리면 까마득한 창공을 날며 방원 십 리 내에서 움직이는 것은 무엇이든 포착한다.

그때부턴 사냥감이 어디로 달아나든 놓치지 않고 추격을 한다. 십 리가 되었든 백 리가 되었든 천웅에겐 문제가 되질 않는다.

하지만 사냥감을 포착하지 못하면 말짱 도루묵이 된다.

어떤 게 사냥감인지 알 수가 없기 때문이다.

한데 엽무백의 입에서 뜻밖의 말이 흘러나왔다.

"사람을 알아보지는 못해도 마을을 찾아낸다면?"

"무슨… 뜻입니까?"

"천공심안(天空審眼)이라고 들어본 적이 있는지."

당연히 들어본 적이 없다.

뭔가 빔싱치 않은 이름에 사람들이 숨을 죽였다.

"마교엔 황당무계한 공부들이 많지. 백여 년 전 혈기(血麒)

라 불리는 괴마(怪魔)가 사이한 술법 하나를 창안했소. 방 안에 앉아서 십 리 밖의 풍광을 손금처럼 내려다보는데 결코 틀리는 법이 없지, "

"그게 어떻게 가능하다는 거죠?"

당소정이 물었다.

"창고(瘡蠱)라 불리는 신령한 고충(蠱) 암수 한 쌍을 준비한 다음 숫고는 천응에게 주입하고 암고는 술사의 콧속에 주입하는 거요. 그러면 고독이 서로 감응을 하게 되고 술사는 천응이 보는 영상을 제 눈으로 볼 수 있소."

좌중이 찬물을 끼얹은 것처럼 고요해졌다.

금수의 눈을 빌려 세상을 보는 술법이라니, 이 무슨 귀신 씻나락 까먹는 소리란 말인가. 누군가 저런 소리를 했다면 미친놈 취급을 했겠지만 엽무백의 입에서 나온 말이기에 사람들이 받는 충격은 컸다.

남궁옥이 말한 것처럼 몽중연은 땅에서는 어느 방향에서도 볼 수 없으나 하늘에선 훤히 내려다볼 수 있는 지형이다. 사람이 하늘을 날 수 없으니 하늘 아래 몽중연만큼 안전한 곳이 없다고 여기며 살았거늘, 이렇게 되면 들키는 건 시간문제가 아닌가.

"혼세신교의 저력은 당신들이 상상도 할 수 없을 만큼 강하오. 숨어 살겠다면 모르겠으나 만에 하나 그들과 전쟁을 할 작정이라면 각오를 단단히 해야 할 것이오."

엽무백이 석상처럼 굳어버린 사람들을 쓸어보며 말했다.

"천웅을 막을 방도는 없는 건가요?"

당소정이 물었다.

"한 가지 있소."

"그게 뭐죠?"

"그전에 여길 떠나는 거지."

"……?"

"제아무리 영조라고 해도 호반을 모두 살피려면 최소 사흘은 걸릴 것이오. 사흘 이내, 천웅이 눈치를 채기 전에 조용히 떠나면 아무 문제 없소."

"그게 뭐야. 병 주고 약 주자는 거야?"

법공이 한마디 툭 내뱉었다.

사람들이 왁자지껄하게 웃었다.

그러다 떠난다는 한마디에 분위기가 착 가라앉았다.

엽무백과 헤어지는 것도 섭섭하지만, 장차 그가 겪게 될 무수한 싸움을 생각하니 걱정이 앞선 탓이다.

"언제 떠날 건가요?"

당소정이 물었다.

"준비를 마치는 대로 최대한 빨리."

"준비라면……?"

"근동에서 가장 뛰어난 솜씨를 지닌 야장(冶匠)이 어디에 있소? 반경 백 리 내외라면 어디든 상관없소. 반드시 숙련된 야장이라야 하오."

코딱지만 한 몽중연에 야장이 있을 리 없다. 해서 위험을 무릅쓰고 바깥으로 나갈 생각을 했다. 한데 사람들의 반응이 이상했다. 남궁옥을 비롯해 식탁에 둘러앉은 사람들이 피식피식 웃더니 나중엔 당소정까지 입꼬리가 벌어졌다.

第三章

철기방(鐵騎幇)의 부방주

당소정의 안내를 받아 간 곳은 절벽 사이로 난 협곡이었다. 거대한 절벽이 지진이라도 난 것처럼 쩍 쪼개진 틈바구니로 사람 하나 겨우 통과할 만한 좁은 길이 있었고, 그 길을 따라 가자 조롱박처럼 둥글둥글한 또 다른 공간이 나타났다.

　그곳도 몽중연만큼이나 독특한 지형이었다.

　절벽의 위쪽 경사면이 비스듬하게 이어진 탓에 하늘은 보이지 않으면서 암벽에 반사된 빛으로 말미암아 어둡지도 않았다.

　한마디로 천장이 뚫린 동굴이었다.

그곳에 웬 노인이 큼지막한 의자에 앉아 눈을 감은 채 양광을 쬐고 있었다. 날씨가 추운 탓인지 거적으로 무릎을 덮었는데 손목은 뼈만 남아 앙상했고, 이는 몽땅 빠져 합죽이가 따로 없었다.

엽무백은 의아한 생각이 들었다.

저런 외모라면 눈에 익을 만도 한데 아침 식사 시간에도 본 기억이 없었다.

"그간 별고없으셨는지요?"

당소정이 포권지례를 올리며 말했다.

노인이 슬쩍 실눈을 떴다.

가느다란 눈과 뾰족하게 빠진 턱선이 살짝 음흉한 느낌마저 들었다.

"홍, 늙은이한테 그런 인사는 실례야."

"……?"

"나 같은 늙은이한테 별고는 죽어 초상 치르는 일밖에 더 있어? 그러니 별고 없었느냐는 말은 '아직 안 죽었어요?' 라는 거 하고 똑같지."

"정정하셔서 다행이에요."

당소정이 말갛게 웃으며 말했다.

노인이 당소정의 몸을 아래위로 쫙 훑으면서 말했다.

"너도 나날이 가슴이 커지는구나. 난 개인적으로 엉덩이가 바짝 올라간 여자가 좋다만, 어랍쇼. 안 본 사이에 엉덩이도 제법 실팍해졌네?"

"살이 올라서 그런가 보죠."

엽무백은 뜨악한 얼굴로 당소정을 바라보았다.

노인의 주책 맞은 소리에 얼굴이 시뻘게질 줄 알았건만 능숙하게 웃어넘기는 게 아닌가. 이건 엽무백이 알고 있는 당소정의 성격이 아니었다. 필시 노인과 상당한 친분이 있는 것이리라.

"나이가 차서 그런 게지. 당가주가 살아 있었다면 진작에 남궁옥과 짝을 지어주었을 것을. 애석하도다, 애석해."

두 사람이 부부로서 맺어진다면 몽중연 사람들에게는 큰 경사일 것이다. 오대세가가 모두 역사의 뒤안길로 사라진 지금 두 사람의 만남은 단순한 선남선녀의 결합 이상의 의미가 있었다.

하지만 두 사람의 감정이 먼저였다.

엽무백은 당소정을 돌아보았다.

당소정은 긍정도 부정도 않은 채 웃기만 했다. 그리고 뒤로 감추어두었던 호리병 하나를 불쑥 내밀었다.

"배주가(杯酒家)에서 구한 용암주(鎔巖酒)예요."

"옳거니."

노인은 잽싸게 호리병을 낚아채더니 주귀가 들린 사람처

럼 벌컥벌컥 마시기 시작했다. 단숨에 호리병을 반이나 비운 노인이 소매로 입술을 닦으며 물었다.

"그래, 몽중연에는 언제 왔누?"

"이틀 전에 왔어요. 오자마자 찾아뵈었더니 한 달째 출타 중이시라고."

"한 달 전 큰비가 오고 난 후 북쪽 호숫가에 검은 빛깔을 띤 모래가 쓸려 온다는 소문이 있었다. 아무래도 심상치 않아서 은밀히 다녀왔지."

"검은 모래면… 설마 사철(砂鐵)?"

당소정의 눈이 휘둥그레졌다.

"역시 당문의 핏줄이라 금방 알아듣는구만."

사천당문은 독과 암기 외에도 한 가지 더 유명한 게 있었으니 바로 기병(奇兵)의 제조와 관련된 기술이었다. 온갖 괴이한 암기를 제련하다 보니 자연스럽게 발전되어 온 경험적 기술이었는데, 당문이 멸문지화를 당하면서 독과 암기술은 물론 기병의 제련술까지 함께 사라져 버렸다. 하지만 당소정의 기억 속에는 그때의 지식들이 단편적으로 남아 있었다.

사철은 용암 속에 들어 있던 자철석(磁鐵石)이 분해되고 파쇄되면서 생기는 모래 알갱이다. 달리 정제하는 방법이 없기에 바닷가나 호숫가의 모래톱에서 자석을 이용해 추출을 하는데, 그 양이 극히 미미한데다 다른 철과 합금을 할 경우 운

철에 버금갈 정도로 단단하다. 때문에 인연이 없으면 금은보화를 싸들고 와도 구할 수 없을 정도로 귀한 금속이었다.

"그래서 구하셨어요?"

"어땠을 것 같으냐?"

"구하셨군요."

"큭큭큭. 사철 중에서도 최고로 치는 산사철(山砂鐵)이었다. 한 달 내내 채철을 한 끝에 무려 열 냥이나 손에 넣었지. 그동안 공술을 얻어먹은 것도 있고 하니, 어떻게 칼에 한 냥 섞어줄 거나?"

"저보다는 이분이 더 필요하실 것 같아요."

당소정이 엽무백을 돌아보며 눈짓을 했다.

인사를 올리라는 뜻이다.

"엽무백입니다."

"빨리도 인사한다."

"두 사람의 담소가 워낙 즐거워 보여 끼어들 틈이 없었습니다."

"큭큭큭. 농담일세. 자네 소문은 들었지. 마교 방파 몇 곳을 박살 냈다며? 내 살다 살다 그토록 통쾌한 소문은 처음이었네. 반갑네. 난 금오라고 하네."

"한때 철기방(鐵騎幇)의 부방주셨어요."

당소정이 슬쩍 부연 설명을 해주었다.

"한때라니. 철기방의 맥은 사람이 잇는 것. 내가 죽지 않았으니 철기방은 아직도 건재하다!"

노인 금오가 정색을 하고 말했다.

이런 일에 익숙한지 이번에도 당소정은 말갛게 웃어넘겼다.

엽무백은 노인을 다시 보았다.

철기방은 정마대전 당시 무림맹에 병장기를 공급하다 철퇴를 맞은 소방파다. 무림방파와 상방 사이의 어중간한 방파였지만 철을 다루는 솜씨만큼은 대륙 제일이었다. 강호에 신병이기가 등장했다 하면 철기방에서 그보다 더 기괴한 병기를 만들어내 세상을 놀라게 할 정도였다.

덕분에 철기방의 방주는 무인이라기보다는 장인에 가까웠고, 그건 부방주 역시 마찬가지였다. 하지만 그들이 흑백을 뛰어넘어 무림의 호걸들과 맺은 인연이 작지 않았고, 그건 고스란히 그들의 무력이 되었다. 상방이 돈으로 무림인을 부렸다면 철기방은 손재주로 무림인을 부린 것이다.

기병으로 유명한 사천당문과 오직 기병만으로 먹고산 철기방. 교류가 되었든 경쟁이 되었든 두 문파가 어떤 식으로든 관계가 있었을 것은 자명했다. 당소정과 금오의 사이가 살가운 것도 이제 이해가 되었다.

하지만 제아무리 철기방의 부방주라고 해도 대장간이 없

다면 무슨 소용인가.

엽무백이 당소정을 돌아보며 말했다.

"뭔가 오해가 있나 본데, 난 검을 손보려는 게 아니오."

"……?"

"내 말은 노련한 야장뿐만이 아니라 제대로 된 시설을 갖춘 대장간도 함께 필요하다는 거요."

"새로 검이라도 만드시려는 건가요?"

"검보다 더 복잡한 물건이오."

"얼마나 복잡한 물건인지 모르지만 일단 말씀이라도 드려 보는 게 어떨까요?"

"말로 될 문제가 아니오. 쇠를 다루려면 풀무도 있어야 하고, 모루도 있어야 하고 망치도 있어야 하고……."

그때 노인이 무릎을 덮고 있던 거적을 홱 젖혔다.

그러자 양쪽에 널빤지를 대어 만든 큼지막한 의자 아래로 풀무, 모루, 망치 등속을 비롯해 온갖 대장간 물건들이 수북하게 모습을 드러냈다. 얼마나 손때가 묻었는지 하나같이 반질반질하게 윤이 났다. 필시 철기방을 떠날 당시 챙긴 연장들일 게다.

"얼마나 대단한 물건인지 어디 한번 볼까?"

금오가 눈썹을 씰룩거리며 물었다.

엽무백은 실소를 터트리고는 미리 그려온 설계도를 내밀

었다. 금오는 설계도를 한참이나 뚫어지게 보더니 불쑥 내뱉었다.

"이게 뭐야?"

"병기입니다."

"병기인 줄은 나도 아네. 설마 이걸 들고 싸우겠다는 미친 인간이 자네는 아니겠지?"

"미친 인간인지는 모르겠지만 제가 쓸 물건인 건 맞습니다."

"말도 안 돼."

"그건 제가 알아서 할 일이겠죠."

"만들기는 내가 만들지."

"자신없으면 말씀하십시오."

"자신없느냐고? 홋. 나 금오일세."

철기방의 부방주가 얼마나 뛰어난 장인일지는 짐작을 하고도 남는다. 하지만 한 줌도 안 되는 저 연장을 가지고 설계도에 그려진 물건을 만들 수 있을까? 검이나 칼 따위의 단순한 병기라면 큰소리칠 법도 하겠지만, 지금은 완전히 믿기가 어려웠다.

"무척이나 정교한 물건입니다. 머리카락 한 올의 굵기로 고절이 될 수도 있고 괴병이 될 수도 있습니다. 그건 짐작하고 계시겠죠?"

"잔말 말고 가보게."

엽무백은 떨떠름한 얼굴로 돌아섰다.

속으로는 크게 실망했다.

자신이 의뢰한 병기는 설계도만으로 절대 만들 수 없다. 머리카락 한 올의 굵기로 고철과 괴병을 판가름하는 정밀도를 맞추려면 두 가지 물건이 더 있어야 했다. 그리고 그건 지금 자신에게 있었다.

'도시로 나가봐야겠어.'

"검을 가져가면 어쩌자는 건가?"

엽무백이 두어 걸음을 옮겼을 때 금오가 불쑥 말했다.

엽무백의 눈동자가 살짝 흔들렸다.

설계도에 그려진 병기와 자신이 허리에 차고 있는 쌍검은 일 조(組)를 이룬다. 쌍검이 반드시 있어야 원하는 병기를 만들 수 있다. 그리고 한 가지 더…….

"창두도 내놓아야지."

이 한마디에 엽무백은 금오를 완전히 신뢰하게 되었다.

엽무백은 주저없이 검을 풀어 금오에게 건네주었다.

이어 품속에서 팔꿈치 길이의 날붙이도 꺼내주었다.

호중천의 병기창에서 구한 창두였다.

두 자루 검을 들고 요리조리 살피던 금오가 혼잣말처럼 중얼거렸다.

"대륙의 창, 해동의 활, 왜의 검이라더니… 과연 명불허전 이군. 좋은 검이야."

이어 창두를 집어 들던 금오의 얼굴이 착 가라앉았다.

"이건… 이걸 어디서 구했나?"

"호중천에서 얻었습니다."

"호중천? 복주의 비선 말인가?"

"그렇습니다."

"음… 해월신니(海月神尼)의 유품을 여기서 만날 줄이야."

"해월신니라면 창술의 대가라는 아미파의 장로님을 말씀 하시는 건가요?"

당소정이 놀라 물었다.

"그렇다. 이건 해월신니께서 생전에 쓰시던 제마십창(制魔 +槍)의 창두다."

"그걸 어떻게 아시죠?"

"내가 만든 물건이니까."

"……!"

"……!"

엽무백과 당소정은 동시에 놀랐다.

"석년에 해월신니께서 나를 찾아와 그 어떤 보검으로도 자를 수 없는 창 한 자루를 부탁했지. 후일 알고 보니 해월신니 께서는 그때 벽력궁(霹靂宮)의 궁주가 대군을 이끌고 장강을

넘었다는 걸 알고 그를 죽이기 위해 홀로 북상하던 중이었
지."

벽력궁은 팔마궁의 한곳으로 혼세신교를 지탱하는 강력한
세력이었다. 이름처럼 화약을 귀신같이 다루는데 벽력궁이
지나간 자리엔 풀 한 포기도 남지 않는다는 말이 그래서 생겨
났다.

"그래서 어떻게 되었나요?"

"애석하게도 그때는 정마대전이 한창인 때라 질 좋은 철을
구할 수가 없었어. 마교 놈들이 병기란 병기는 보이는 족족
죄다 탈취해 가는데다 철광산과 대장간마저 모두 장악해 버
렸기 때문이지. 해서 무림맹은 군량미의 부족과 함께 고질적
인 병장기의 부족에 시달렸네."

"하면……?"

"아마도 비장한 표정 때문이었을 게야. 해월신니께서 모종
의 결사를 감행하려 한다는 걸 눈치챈 점창(点蒼)의 제자 하
나가 자신의 검을 흔쾌히 내놓았지. 그의 검을 사흘 밤낮으로
녹이고 단련하여 이놈을 만들었다."

과거 운남 점창산(點蒼山)에서 번영을 누렸던 점창파는 사
일검법(射日劍法)이라는 무림제일의 쾌검과 목숨을 버릴지언
정 검을 버리지 않는 독특한 문규로 유명했다.

점창의 제자는 하산을 할 때 사부로부터 검을 한 자루 하사

받는데 돌아갈 때는 반드시 이 검을 가져가야 한다. 그래서 점창의 제자들은 죽을 때도 검을 손에 꼭 쥔 채로 죽는다.

그런 걸 모를 리 없는 점창의 제자가 기꺼이 자신의 검을 내주었다고 한다. 해월신니가 말한 조건을 맞추려면 보검인 듯한데, 그런 보검을 지니고 다닐 정도라면 점창에서의 배분 또한 상당할 것이다.

"점창의 선배는 그 후 어떻게 되었죠?"

"나도 모르겠다. 죽었다는 소문도 있고, 홀로 매혼자들을 처단하며 강호를 떠돈다는 소문도 있었지. 직접 보았다는 사람이 없으니 생사도 알 수 없지."

당소정은 문규를 어겨가면서까지 해월신니의 숭고한 뜻을 도우려 했던 점창 제자의 행동에 크게 감복한 듯했다.

"후일 정도무림의 생존자들을 만나면 오늘 제가 들었던 점창의 희생과 기백을 꼭 전해줘야겠어요. 그 선배 협객의 존함을 알려주세요."

"위진백이라고, 점창의 십칠대 제자였다."

"방금 위진백이라고 했습니까?"

엽무백이 눈을 동그랗게 뜨고 물었다.

"그를 아나?"

"음… 그는 죽었습니다."

"뭣!"

위진백은 화무강과 함께 백악기를 암살하려고 황벽도로 들어왔다가 역공을 당해 죽은 점창 무사의 이름이었다. 엽무백은 위진백을 처음 만난 일부터 시작해, 그가 지난날의 행적 때문에 빌미가 잡혀 전사한 이야기를 짧게 들려주었다.

"그렇게 되었군."

금오가 나직하게 말했다.

당소정은 위진백이 간악한 배덕자 백악기를 처단하기 위해 황벽도로 몰래 잠입했다는 말에, 그래서 장렬하게 전사했다는 말에 가슴이 뜨거워지는 모양이었다.

금오가 다시 말했다.

"인연이란 참으로 묘하군."

위진백은 백악기에게 죽고, 백악기는 엽무백에게 죽고, 위진백의 혼이 깃든 창두는 돌고 돌아 원수를 갚아준 엽무백에게 돌아왔다. 위진백의 검과 엽무백이 이런 식으로 만날 확률은 얼마나 될까?

"정말 신기하군요. 해월신니께 전해졌던 창두가 어째서 호중천에 있었던 걸까요?"

당소정이 읊조렸다.

"그 후 얼마 지나지 않아 해월신니께서 벽력궁주에게 패해 큰 부상을 입고 도주 중이라는 얘기를 들었다. 그때 호중천에서 하룻밤을 묵으신 게로구나."

"그리고 어떻게 됐죠?"

"비선의 도움을 받아 북주행을 하던 중 혈사가 터졌지. 비선이 일망타진 당하던 그 일 말이다. 그때 입적하셨느니라. 숭은 죽고 그의 유품만이 내게로 돌아왔구나."

"아미타불⋯⋯."

느닷없이 들려온 불호에 고개를 돌려보니 법공이 서 있었다. 그는 한 손을 가슴까지 끌어올려 금오가 들고 있던 창두를 향해 나직이 불호를 외는 중이었다.

뒤쪽에는 십수 명의 아이가 모래주머니를 주렁주렁 매단 채 숨을 헐떡거리고 있었다. 법공과 함께 달리기를 하는 모양이었다.

법공이 아이들을 향해 외쳤다.

"이제부터 구령을 바꾼다. '신풍길 개자식'. 시작."

"신풍길 개자식."

"신풍길 개자식."

신풍길은 벽력궁주의 이름이다.

법공과 아이들이 한바탕 휩쓸고 지나가자 금오가 물었다.

"언제까지 만들어주면 되겠나?"

"빠르면 빠를수록 좋습니다."

"사흘 후 다시 봄세."

"사흘이면 너무 깁니다."

"중요한 건 철이야. 설계도에 적힌 강도의 철을 뽑아내려면 최소한 철괴를 백 근은 녹이고 제련을 해야 겨우 쉰 근 정도를 얻을 수 있어. 이미 제련을 마친 검이나 도를 집어넣으면 오늘 밤이라도 가능하겠지만, 사람들에게 목숨 같은 병기를 내놓으라고 할 수도 없는 노릇이잖나."

몽중연은 민가와 달리 논밭을 경작하는 것이 아니기 때문에 농기구 따위가 없다. 철이라고는 사람들이 가진 병장기가 전부인데, 그들이 가진 병장기는 대부분 사문의 기보이거나 사부로부터 하사받은 유일한 유품인 경우가 많다. 그나마도 모자라 아이들은 목검으로 수련을 하는 실정이었다. 그런 처지에 내 병기 만들자고 남의 병기를 녹이자고 할 수는 없는 노릇이었다.

"알겠습니다. 최대한 서둘러 주십시오."

금오는 자리에서 일어나더니 의자를 끌고 어디론가 사라졌다. 놀랍게도 의자에는 강철로 만든 밑판이 있었고, 그 밑판에는 바퀴가 달려 있었다. 저만치 멀어지는 금오를 보며 엽무백이 혼잣말로 중얼거렸다.

"난감하군."

"천웅 때문에 그러시는 건가요?"

"하루면 호수의 절반을 뒤질 거요. 이틀이면 호수 전부, 늦어도 사흘이면 몽중연은 발각되고 말 거요. 문제는 그 새가 언제 몽중연을 찾아낼지 모른다는 데 있소. 운이 나쁘면 오늘 오후에라도 발각될 수 있는 노릇이고⋯⋯."

"난감하군요. 새 한 마리가 대사를 좌지우지하다니."

"아무래도 보초를 세워야겠군."

*   *   *

파양호에 엄청난 숫자의 배가 떴다.

금적무가 인근 수채에 통지문을 보내 징발한 배들이었다. 그중 유난히 압도적인 위용을 자랑하는 배가 있었다. 놀랍게도 그것은 바다에서나 볼 법한 범선(帆船)이었다.

이름은 흑룡선(黑龍船), 석년에 귀왕채(鬼王寨)의 채주 금부투왕(金斧鬪王)이 뛰어난 장인들을 고용해 바다에서 건조, 장강 물길을 통해 이곳 파양호까지 끌고 들어온 배였다.

일개 수채 따위가 천하의 주인인 혼세신교를 무시할 수 있나. 귀왕채의 채주는 자신의 전용선인 흑룡선은 물론, 인근 수채에 사람을 보내 노련한 수병(水兵) 육백과 백 척의 비조선을 동원했다. 그들은 지금 호수를 돌며 섬과 배들을 이 잡듯이 뒤지고 있었다.

뭍에서는 파양호를 중심으로 인근 도시에서 활동하는 수십 개 무림 방파에서 보내온 일천여의 병력이 마찬가지로 호반을 돌며 수상한 자들을 닥치는 대로 색출하는 중이었다.

이렇게 해서 동원된 인원이 이천육백여 명, 거기에 철갑귀마대를 합치면 삼천에서 조금 모자란다. 물경 삼천에 가까운 병력이 파양호를 중심으로 안팎에서 그물질을 하는 셈이다.

파양호와 그 주변은 순식간에 사지로 변해 버렸다.

금적무는 뱃머리에 서서 파양호를 굽어보았다.

불과 하루 전, 그는 씻을 수 없는 치욕을 경험했다. 정마대전 당시 수많은 무림 방파들을 공포의 도가니로 몰아넣었던 철갑귀마대가 단 네 명을 잡지 못해 놓치고 만 것이다.

갑작스러운 포쾌의 등장 때문이다.

밑도 끝도 없이 강철곤을 들고 나타나 창검에도 뚫리지 않는 철갑을 고철로 만들어 버리는 그 우악스러운 완력이란, 덕분에 서른두 명이 죽고 칠십여 명이 중경상을 입었다. 단 한 번의 전투로 삼 분의 일의 병력을 잃어버린 것이다.

'잘근잘근 씹어 먹지 않으면 내 사람이 아니다!'

놈을 놓친 게 벌써 두 번째다.

신교에는 허언이 없다.

차갑고 비정한 성격의 소유자인 만박노사는 이 일을 결코 좌시하지 않을 것이다. 어쩌면 지금쯤 자신에 대한 처리를 결정했을지도 모른다.

귀환하라는 명령을 가진 전서구가 날아오고 있을지도 모

르고, 자신을 대신할 고수들이 병력을 이끌고 남하하는 중일 수도 있다.

신교에서 빠른 말로 이곳까지 오는 데 걸리는 시간은 대략 사흘, 그 안에 놈을 잡지 못하면, 그래서 두 번의 실수를 만회하지 못하면 모든 게 끝장이다.

신교의 떠오르는 신성에서 하루아침에 목숨을 걱정해야 하는 패자의 처지로 몰락하는 것이다.

그건 잠룡옥도 마찬가지였다.

그때 비조선 한 척이 다가와 흑룡선에 붙었다.

잠시 후, 비조선으로부터 잠룡옥이 쥘부채를 흔들며 올라왔다. 금적무가 기다렸다는 듯이 물었다.

"포쾌의 신분은 파악했소?"

"곤왕 법공입니다."

"곤왕?"

"용모도 그렇고 무공도 그렇고. 하늘 아래 곤을 그처럼 귀신같이 쓰는 자는 곤왕밖에 없지요."

"곤왕이 살아 있었다니……."

"중요한 건 곤왕의 등장으로 십병귀를 잡기가 더 어려워졌다는 것입니다."

"좋시 않군."

곤왕의 등장보다 더 당혹스러운 것은 시기다.

왜 하필 그 시간 그곳에 곤왕이 나타났을까?

당연하게도 우연일 리가 없다.

분명 소문과 연관이 있다.

지금 강호는 황벽도와 매혈방을 피로 물들이고 금사도를 찾아 북상 중인 살성에 관한 소문이 들끓고 있다. 곤왕은 분명 그 소문을 듣고 왔다.

이제 남창 등왕각에서 살성이 또 한 번의 살계를 열었고 뒤를 이어 철갑귀마대의 수라멸진이 뚫렸다는 소문이 퍼지게 되면 제이, 제삼의 곤왕이 나타나지 말란 법 없다. 신교에서 이 일을 심각하게 보는 이유가 바로 그것이다. 우려하던 일이 실제로 일어나고 있었다.

"천웅은 아직도 소식이 없소?"

잠룡옥이 금적무의 뒤쪽에 앉아 가부좌를 틀고 있는 사내에게 물었다. 쥐상에 녹의 장포를 뒤집어쓰고 염소수염을 길게 기른 사내는 허옇게 뒤집어 깐 눈동자를 쉴 새 없이 굴리며 말했다.

"아침부터 호반을 물색하기 시작했소. 운이 따라준다면 오늘 오후에라도 성과가 있을 수도 있겠지."

천웅과 교감을 통해 호수를 조망하는 동안엔 눈동자가 제 의지를 벗어나 저렇게 움직인다. 천웅의 눈동자가 움직이는 대로 따로 움직이기 때문이다.

한눈에 보기에도 사이한 기운이 흘러넘치는 그는 천망에서 보내온 술사였다. 이름은 권운. 천망 삼각의 각주(閣主)로 각종 영물을 귀신처럼 다루는 것은 물론 심계까지 깊어 천망주의 신망을 한몸에 받는 자였다.

뇌총과 천망은 업무의 특성상 중첩되는 경우가 많았고 이는 묘한 경쟁을 부추겼다. 잠룡옥과 권운의 관계 역시 그런 경쟁의 연장선에 있었다.

"늦으면?"

"사흘이면 족하오."

"사흘이면 거북이도 백 리를 갈 수 있소."

"사람의 배를 갈라본 적 있소?"

"……?"

"한 줌밖에 안 되는 내장을 꺼내 곧게 펴면 삼 장에 육박하지. 사람의 내장보다 수천수만 배는 복잡하게 휘고 꺾인 파양호의 호안선을 일직선으로 펴면 그 길이는 얼마가 될 것 같소?"

잠룡옥은 눈살을 찌푸렸다.

권운이 무슨 말을 하려는 건지 왜 모르겠는가. 잠룡옥이 화가 나는 것은 자신을 가르치려는 혹은 무시하는 듯한 권운의 저런 태도였다. 하지만 권운은 일부러 도발하기라도 하려는 아랑곳하지 않고 말을 이어나갔다.

"어떤 미친 인간이 파양호보다 작고 호안선도 단조로운 동정호의 둘레를 계산한 적이 있었지. 결과는 팔백 리. 물경 천리에 가까운 거리와 그것으로 만들어낼 수 있는 광대한 공간을 새 한 마리가 사흘 안에 뒤지겠다고 했소. 천망이 아니면 절대로 할 수 없는 일이지."

"스스로 무능력하다고 말하고 싶은 게요?"

"그건 같은 실수를 두 번이나 한 사람에게나 해당되는 말인 것 같소만."

"말이 지나치오!"

잠룡옥은 버럭 소리를 질렀다.

금적무가 손을 들어 말리지 않았다면 비수라도 뽑을 지경이었다. 잠룡옥은 수염을 바들바들 떨었다. 사흘이면 천망은 무언가를 찾아낼 게 틀림없었다. 하지만 천망에게, 특히 저 권운에게 공을 빼앗기고 싶지 않았다.

만약 그렇게 된다면 자신은 무능력함을 만천하에 알리고 그 책임을 무겁게 지게 되리라. 무슨 일이 있어도 놈을 잡는 건 자신이어야 했다.

"이렇게 기다리고만 있을 작정은 아니시겠죠?"

잠룡옥이 금적무에게 말했다.

"귀하의 눈에는 호반을 그물질하는 사람들이 보이지 않소이까?"

"파양호의 넓이가 얼마나 되는지 아십니까? 파양호는 중원 제일호입니다. 겨우 이천육백여의 병력으로 천라지망을 펼치는 게 가능하다고 보십니까? 설혹 펼친다 한들 그게 얼마나 튼튼하겠습니까?"

"하고 싶은 말이 뭐요?"

"천응을 통해 비처를 파악하는 데 최대 사흘이 걸립니다. 운이 나빠서 사흘이 모두 걸린다면, 그전에 놈들은 이미 천응의 움직임을 주시하고 있을 겁니다. 그사이에 놈들은 언제든지 천라지망을 뚫고 달아날 수 있습니다. 비선이 파양호에 둥지를 튼 것도 바로 그런 이유에섭니다."

"음……."

금적무는 침음성을 흘렸다.

삼천여의 병력으로 파양호를 둘러싸는 것이 턱도 없는 일이라는 건 그도 알고 있었다. 그래서 천응을 띄워 천공심안을 펼치게 하는 한편, 조금이라도 수상한 움직임이 보이는 즉시 철갑귀마대가 출동할 수 있도록 곳곳에 분산 배치해 놓았다.

그 자신이 이렇게 호수 한가운데 있는 것도 어느 쪽에서 놈들이 나타날지 모르기 때문에, 만약 놈들이 나타난다면 언제든 호수를 가로질러 가기 위함이었다.

"더 좋은 생각이 있다는 뜻으로 들리오만?"

"파양호가 제아무리 넓다 하더라도 결국엔 한정된 공간입니다. 비선의 숫자가 몇일지 모르나 그들도 사람인 이상 먹고 입어야 하지요. 고기를 잡거나 농사를 짓거나 어떤 식으로든 바깥사람들과 접촉을 할 수밖에 없습니다. 그런 이유로 놈들은 사람들과 섞여 살 공산이 큽니다. 만에 하나 비처가 따로 존재한다고 해도 결국 그들에게 이런저런 물건들을 제공해 주는 자들이 있게 마련이라는 거죠."

"계속해 보시오."

"한데 왜 한나절이 지나도록 아무런 성과가 없는지 아십니까? 그건 양민들이 쉬쉬하기 때문이죠. 비선이 열 명이라면 암중에서 그들을 돕거나 지지하는 사람은 수백 명입니다. 양민들은 신교의 편이 아니라는 걸 아셔야 합니다."

"결론만."

뭔가 이상한 분위기를 감지한 금적무의 목소리가 착 가라앉았다.

"몇 사람을 잡아다 목을 베야 합니다. 죄목은 흉악한 살수와 역도의 무리를 숨겨준 것으로 하고. 반 시진마다 열 명씩, 놈이 나타날 때까지 계속. 하면 비선과 관계된 자들은 두려워서라도 고변을 할 것이고, 설혹 그들이 고변을 하지 않더라도 놈들은 모습을 드러내지 않고는 못 배길 것입니다."

"그건 불가하오."

"어째서입니까?"

"신교의 명성에도 크게 누를 끼치는 일이오."

"대의를 위한 것입니다."

"난 선악을 따지는 사람이 아니오. 하지만 무인의 자존감은 아는 사람이오. 무장도 안한 양민을 무작정 죽일 수는 없소."

"말씀드렸지 않습니까? 우리가 죽일 사람 중에 비선의 끄나풀이 섞여 있지 말란 법 없습니다."

"명확한 증거를 가져오시오. 하면 양민이건 아니건 내가 먼저 놈들의 목을 벨 것인즉."

금적무는 확고했다.

세상 사람들이 마교라 부르는 곳에 몸담고 수많은 사람을 베어 넘긴 그였지만 양민을 베는 것은 탐탁지 않았다. 양심의 가책 때문이 아니었다. 무인으로서의 자존심이 허락하지 않았다.

"총주의 예측이 옳았군요."

"무슨… 뜻이오?"

"총주께서는 철갑귀마대주가 뼛속까지 무골이라 하셨지요. 덕분에 믿음직스럽긴 하지만, 무골들이 으레 그렇듯 융통성이 없는 것이 한 가지 아쉬운 점이라고 하셨습니다."

금석무의 눈매가 가늘게 좁혀졌다.

이 기생오라비같이 생긴 애송이가 무슨 말을 하려고 이렇게 거창하게 나오는 것인가.

잠룡옥은 깊이 한숨을 쉬고 난 후 말했다.

"이렇게 나오시면 어쩔 수 없군요."

말과 함께 잠룡옥이 품속에서 동패를 하나 꺼내 보여주었다. 세 개의 대가리를 가진 까마귀가 양각된 동패는 뇌총의 신령패(神令牌)다.

"총주께서 이르시길, 철갑귀마대주의 명령을 최대한 존중하되 만에 하나 저와 의견을 달리할 땐 이 패를 사용하라 하셨습니다."

"그게 무슨……!"

"이제부터 제가 지휘하겠습니다. 부디 무례를 용서하시길……!"

신령패의 권위는 곧 총주의 권위다.

신령패를 지닌 사람의 명령은 곧 총주의 명령처럼 받들어야 한다. 불복종은 곧 항명. 신교의 근간을 뒤흔드는 항명에 대한 처벌은 현장에서 처형을 하는 것이다.

금적무의 눈알이 허옇게 뒤집어졌다.

백전노장인 자신을 믿지 못하고 새파란 애송이에게 신령패를 주다니. 만박노사와 뇌총에 대한 충성심이 뿌리째 흔들리는 순간이었다.

뭔가 이게 아니라는 생각이 들었다.

전대 교주는 지(知)보다는 무(武)를 숭상했다.

강자는 군림하고 약자는 복종한다는 지극히 명쾌한 칼의 법칙을 제일의 율법으로 삼았다. 해서 뛰어난 무공만 갖추면 언제든 출세의 길이 열렸다. 출신과 핏줄을 따지지 않고 만인에게 똑같이 주어지는 기회의 평등이란 얼마나 매력적인 것인가.

한데 칠공자가 교주가 되고 난 후 바뀌고 있었다.

그는 수단과 방법을 가리지 않는다. 칼로써 승부를 보는 깨끗한 싸움보다 귀계와 암투를 즐긴다. 타고난 성품이 음험하기 때문이다. 하긴 이십여 년이나 자신의 야망을 숨긴 채 살아온 인물이 아닌가.

"철갑귀마대는 내 명령 없이 한 발자국도 움직일 수 없소!"

"물론이지요. 결정적인 순간이 되면 저는 대주께 신령패의 권위에 복종할 것을 촉구할 것입니다. 그때 대주께서 철갑귀마대를 움직여 주시면 됩니다."

금적무는 수염을 바르르 떨었다.

이거야말로 사면초가가 아닌가.

신령패가 잠룡옥에게 있는 한 절대다수를 차지하고 있는 인근 무림 방파들은 그를 따를 것이다. 자신이 부릴 수 있는 자들은 철갑귀마대뿐인데, 결정적인 순간 철갑귀마대를 빼버리면 신교가 하는 일에 항명을 하는 꼴이 된다. 그 책임은 고스란히 자신이 져야 한다. 이런 말도 안 되는 상황이 있을 수 있다니.

잠룡옥이 뒤를 돌아보았다.

뱃전에는 독소마녀와 금부투왕을 비롯해 이번 작전에 음으로 양으로 도움을 준 인근 무림 방파의 수장들이 도열해 있었다.

잠룡옥은 그들 모두를 쓸어보며 말했다.

"독소, 동쪽을 맡는다."

"알겠어요."

"금부투왕, 서쪽을 맡아주시오."

"명을 따르겠습니다."

"나머지 분들은 각각 북쪽과 남쪽을 맡으시오."

"명을 따르겠습니다."

"명을 따르겠습니다.

"지금 이 시간부로 천라지망을 해제하겠소. 대신 병력을 삼인 일조로 묶어 호반을 따라 자리한 모든 마을과 집을 동시에 기습하도록 하시오. 손에 권각술을 수련한 흔적이 있는 자, 집안에 병기를 은닉하는 자는 정도무림의 생존자로 간주, 모두 잡아들이시오. 시작하시오."

"존명!"

우렁찬 대답이 호수 한가운데서 울려 퍼졌다.

＊　　　＊　　　＊

몽중연을 들고나는 길은 하나가 더 있었다.

다만 너무 위험한지라, 이용하는 사람이 없었는데 엽무백의 요청에 당소정이 마지못해 한 곳을 가르쳐 주었다.

별거 없었다.

그건 몽중연의 안쪽 절벽을 타고 오르는 것이었다. 깎아지른 절벽들 중 유일하게 벽호공을 펼칠 수 있는 지대라는 것이 다를 뿐. 한데 정작 절벽을 오른 사람은 엽무백이 아니었다.

"웃기셔. 길은 자기가 묻고 오르기는 왜 우리더러 오르래?"

게처럼 달라붙어 절벽을 오르던 조원원이 투덜거렸다.

"이러면 손가락의 악력이 좋아진다잖아요. 특히 안 쓰던 근육을 쓰는데 벽호공만큼 좋은 게 없대요."

조원원의 엉덩이 아래에서 진자강이 말했다. 그는 벽호공이 익숙지 않아서 사지를 발발 떨고 있었다.

"그래서 우리를 수련시키려고 그랬다고?"

"그것도 하고, 감시도 하라는 뜻이겠죠. 뭐."

"넌 그 사람 말이라면 뭐든 믿는구나."

"누난 엽 아저씨 싫어요?"

“난 싫어.”

“왜요?”

“싫은데 이유 있어?”

“전에는 좋아했는데 갑자기 싫어진 이유가 뭐냐는 거죠, 제 말은.”

“전에도 좋아한 적 없어.”

“좋게는 생각했잖아요.”

“믿을 만한 사람이라고는 생각했지.”

“그거면 된 거 아니에요?”

“어째서?”

“내가 누군가에게 핍박을 당하면 두 배로 갚아줄 사람, 삼 장 안에만 있으면 무슨 일이 있어도 나를 지켜줄 사람, 한 번 내뱉은 말은 반드시 지키는 사람. 그거면 충분하지 않아요? 좋은 사람은 많지만 믿을 만한 사람은 흔치 않죠. 전 그래서 엽 아저씨가 좋아요.”

조원원은 살짝 무안해졌다.

엽무백의 됨됨이는 둘째치고 그에게 두 번이나 목숨을 빚진 처지에 이만한 일을 시켰다고 툴툴대는 자신이 한심하게 느껴졌기 때문이다.

“나도 뭐 안 하겠다는 건 아냐. 다만 배를 타고 노야묘수역을 통해 나가도 되는 걸 굳이 절벽을 오르라고 하니까 얄미워서 그러는 거지."

"금오 부방주님께 들으니 호수가 온통 수적들의 배로 뒤덮였데요. 그래서 부방주께서도 노야묘수역을 포기하고 이리로 들어오셨다고요."

"금오 부방주는 또 누구야?"

"철기방의 부방주시래요. 한 달 동안 출타를 했다가 어제 몽중연으로 들어왔대요. 아까 보니 엽 아저씨가 당소정 누나와 함께 그분을 만나고 계시더라고요."

"당소정이랑? 왜?"

조원원은 갑자기 빈정이 확 상했다.

"무슨 병기 제작을 부탁하는 것 같은데."

"그게 당소정과 무슨 상관있어?"

"소개를 해주려는 거겠죠."

"그는 입이 없대? 눈이 없대? 직접 가서 '노인장이 철기방의 부방주요? 그렇다면 여차여차한 거 하나 만들어주시오' 하면 될 걸 무슨 소개씩이나."

"에이. 그건 좀 아니다."

"아니긴 뭐가 아냐."

"누나 오늘따라 좀 이상한 거 알아요?"

"내가 뭐?"

"혹시 엽 아저씨 좋아하세요?"

"뭐? 아이고 배야."

조원원이 절벽을 오르다 말고 갑자기 배를 잡고 낄낄거렸다. 그 바람에 뒤를 바짝 따르던 진자강은 이마로 쩍 벌어진 조원원의 엉덩이를 툭 들이받았다. 조원원은 웃느라 아무것도 모르는 듯했다.

"억지로 웃는 거 다 보이거든요."

조원원이 웃음을 뚝 그쳤다.

솔직히 말해 하나도 안 웃긴다.

오히려 속이 부글부글 끓는다. 자신이 엽무백을 좋아한다는 생각은 눈곱만큼도 해본 적 없다. 그런데 오늘 아침 당소정과 함께 대련을 했다는 얘길 들은 이후로 계속 신경이 쓰이는 건 사실이다.

"정말 내가 그를 좋아하는 것처럼 보여?"

"네."

"내가 어쨌기에?"

"그냥 화악 표가 나요."

"……!"

"……?"

"그도 그렇게 생각할까?"

"아닐 걸요."

"어째서?"

"척 보면 몰라요? 엽 아저씨는 그쪽으로 젬병이에요. 아침에 밥 먹을 때 누나에게 말하는 거 봐요. 여자를 조금이라도 안다면 그렇게 말해선 안 되는 거거든요."

"그렇지? 그렇지?"

맞장구를 치던 조원원은 문득 의문이 들었다.

"아침에 말야. 혹시 다른 사람들도 내가 그를 좋아하는 걸로 오해했을까?"

"오해인 거는 확실해요?"

"확실해!"

조원원은 딱 잘라 말했다.

그리고 잠시 후 한마디를 덧붙였다.

"솔직히 잘 모르겠어."

"이제야 좀 누나답네. 그게 정확한 말이죠. 마음이 흔들리는 건 맞는데 좋아하는 건지는 모르겠다. 맞죠?"

"그래 맞아."

"그럴 땐 그냥 시간이 해결해 줘요. 애써 감추려고도 말고 부인하려고도 말고 그냥 마음 가는 대로 따르다 보면 내 안에서 답을 주거든요."

"너 열세 살 맞아?"

"저도 겪어봐서 알아요."

"푸하하하. 네가 뭘 겪어봤기에?"

"제가 누나 짝사랑하는 거 몰랐죠?"

조원원은 한순간 발이 미끄덩하는 바람에 그대로 굴러떨어질 뻔했다. 때마침 진자강의 정수리를 정통으로 밟지 않았다면 정말로 수십 장 아래로 곤두박질쳤을 것이다.

"뭐? 아이고 배야."

조원원이 벼랑에 매달려 또 배꼽을 잡았다.

"그렇다고 짓밟을 것까진 없잖아요."

진자강이 일그러진 얼굴로 정수리를 문질렀다.

조원원이 웃음을 뚝 그치더니 갑자기 알밤을 꽁 먹였다.

"넌 무슨 사랑 고백을 절벽에 매달려서 하니?"

"그러게요. 아까부터 다리가 후달거려서 죽겠어요. 이제 그만 올라가요."

조원원은 기분이 이상해졌다.

진자강의 나이 이제 겨우 열셋, 자신의 가슴을 뛰게 하기에는 너무 어리다. 하지만 녀석과 대화를 하고 있노라면 열세 살의 나이가 무색하게 느껴진다.

괜스레 민망해졌다.

민망함을 감추기 위해 절벽을 올려다보았다.

"젠장, 우라지게 높네."

두 사람은 다시 절벽을 오르기 시작했다.

그리고 잠시 후, 마침내 꼭대기에 섰다.

호수가 한눈에 내려다보였다.

파양호가 바다라는 말이 실감 났다.

끝도 없이 이어지는 호반은 둘째치고서라도 방대한 양의 물은 보는 것만으로도 입이 쩍 벌어졌다. 심지어 수면엔 바다를 방불케 하는 파도까지 쳤다. 이렇게 크니 남궁옥이 몽중연은 안전하다고 큰소리를 칠 밖에.

조원원은 십리경을 꺼내 호수를 조망하기 시작했다. 세상에는 벌어지는 일들과는 상관없이 호수는 고요했다. 이상한 구석도 있었다. 지금쯤 가득해야 할 고기잡이 배들이나 놀잇배들이 한 척도 보이질 않았다. 대신 무인들을 오밀조밀하게 태운 비조선들이 호수 전체를 그물질하고 있었다.

"귀왕채가 나선 모양이군."

"귀왕채요?"

"파양호에는 대소 일곱 개의 수채가 있어. 귀왕채는 그중 좌장의 역할을 하는 곳이야. 채주 금부투왕은 한 자루 판부를 귀신처럼 휘두르는데, 아마도 그가 수적들을 동원했겠지. 지금쯤 해화방도 뭍을 뒤지고 있을 거야."

"육해공(陸海空)이 모두 동원됐군요."

육은 해화방과 인근 무림 방파들을 말함이고, 해는 파양호를 바다에 비유해서 수직들을 말하는 것이다. 공은 당연하게도 천응이다.

조원원은 십리경에서 잠시 눈을 뗀 다음 육안으로 창공을 주시했다. 저 멀리 까마득한 창공에 시커먼 점 하나가 보였다. 재빨리 십리경을 눈에 대고 점을 겨누었다.

"저기 있군."

날개를 활짝 펼친 것은 예상했던 대로 천응이었다. 천응은 커다랗게 원을 그리며 점점 서쪽 해안을 따라 내려가고 있었다. 해가 뜬 지 세 시진 정도 지났으니 벌써 호수의 일 할은 뒤졌으리라.

하지만 두 사람은 안심했다.

호수 전체를 놓고 봤을 때 노야묘수역은 동쪽에 있다. 멍청한 적들은 공강이 유입되는 서쪽에서부터 수색을 하는 바람에 정반대 방향에 있는 노수묘역까지 오려면 호반을 따라 사흘은 걸릴 것이다.

"몽중연의 위치가 정말 절묘한 것 같아요."

진자강이 말했다.

"놈들도 대단한걸. 우리가 공강을 따라 파양호로 들어갔다는 것까지 알아냈잖아."

"그 정도도 모르면 어디다 쓰겠어요."

"그건 그렇지."

"잠룡옥인지 점룡옥인지 하는 것도 별거 아니네요. 뇌총의 지자라기에 무시무시할 줄 알았더니. 실망이에요."

"그러게. 한 사흘 푹 쉬어도 되겠다."

"그런데 저건 뭐죠?"

"뭐가?"

조원원이 십리경에서 슬쩍 눈을 떼고 물었다.

"저기 호수 한가운데 큰 배가 있어요. 범선 같은데요."

진자강의 손가락이 가리키는 곳으로 십리경을 겨누던 조원원의 입이 쩍 벌어졌다.

"말도 안 돼. 호수에 범선이… 있네!"

돛도, 갑판도 모두 시커먼 그것은 분명 범선이었다. 호수에 범선이 있을 거라고는 생각지도 못했던 조원원은 놀라지 않을 수 없었다.

그리고 범선에 낯익은 인물 두 명이 타고 있었다. 장대한 체구를 번쩍이는 은빛 갑옷으로 무장한 채 묵직한 위엄을 흘리는 자와 백의장삼에 쥘부채를 할랑할랑 부치며 서 있는 백면서생이 그들이었다.

"저 쌍것들 솜씨로군."

"누군데요?"

"금적무와 잠룡옥이지 누구겠어. 도대체 어떻게 범선을 구한 거지?"

"귀왕채에서 구한 거 아닐까요?"

"귀왕채?"

"호수에 상선이 있을 리 없으니 수적들이 노략질용 배가 아니면 뭐겠어요?"

"귀왕채는 저 범선을 어떻게 구했을까?"

"호수에서 건조를 했을 수도 있고, 파양호의 물길은 장강과 연결되니 바다에서 가져왔을 수도 있죠."

"말세다, 말세야. 도적들이 호수에 범선까지 띄워 노략질을 하는데도 불구하고 세상이 제대로 굴러가다니."

"제대로 굴러가는 건 아니죠."

"그건 그렇지. 어, 저건 또 뭐야?"

무심코 금적무의 곁을 훑던 조원원의 눈에 괴이한 인물이 보였다. 녹의장포를 뒤집어쓰고 허옇게 뒤집어 깐 눈동자를 쉴 새 없이 굴리는 쥐상의 사내였다.

"간질병인가?"

"어디 봐요."

조원원에게서 십리경을 건네받은 진자강이 흑룡선을 한참이나 살피다가 말했다.

"무슨 술사 같은데요?"

"술사? 무슨 술… 설마 천망!"

조원원은 엽무백이 했던 말이 불현듯 생각났다.

"창고(瘡蠱)라 불리는 신령한 고충(蠱) 암수 한 쌍을 준비한 다음 숫고는 천웅에게 주입하고 암고는 술사의 콧속에 주입하는 거요. 그러면 고독이 서로 감응을 하게 되고 시전자는 천웅이 보는 영상을 제 눈으로 볼 수 있지."

필시 저 술사가 천공심안을 펼쳐 창공에 떠 있는 저 천웅을 조종하는 것이리라. 금적무가 범선을 타고 호수 한가운데 있는 것도 이해가 되었다. 천웅이 비선을 발견하는 순간 어느 방향에 있든 가장 빨리 당도할 수 있는 곳이 호수 한가운데다.

"앗, 배가 움직이는데요."

"어디 봐."

조원원이 또다시 십리경을 빼앗아 흑룡선을 살폈다.

과연 범선이 한 방향으로 나아가고 있었다. 십리경을 좌우로 움직여 호수를 살펴보니 곳곳에 흩어져 있던 배들도 하나둘씩 뱃머리를 돌리는가 싶더니 범선과 같은 방향을 향해 달리기 시작했다. 천라지망이 깨지고 있는 것이다.

'무슨 일이지?'

"사람들에게 알려야 해."

第四章 외선(外線)

엽무백은 절벽 아래의 그늘에 앉아 대나무를 깎고 있었다. 당소정이 아이들 수련용으로 쓰는 죽검을 한 자루 구해줬는데 그걸로 투골저를 만들 요량이었다.

　복건의 대운산맥에서 나는 오죽만큼 단단하지 않아 파괴력은 낮지만, 이런 경우도 나름 방법이 있었다. 펄펄 끓는 기름에 투골저를 튀기면 대나무 조직 속으로 기름이 깊숙이 침투해 밀도와 무기를 높이게 되고, 결과적으로 파괴력도 강해지는 것이다.

　하지만 몽중연에선 모든 것이 귀했다.

해서 엽무백은 기름 대신 투골저를 깎는 족족 물에 담갔다. 수분이 모두 증발하기까지 대략 하루 정도는 충분히 기름에 튀긴 투골저 못지않은 효과를 낼 수 있었다.

"놀랍군요. 젓가락으로 두개골을 뚫는다니."

당소정이 말했다.

그녀는 몽중연에 있는 동안 엽무백이 필요한 모든 것을 제공하라는 명령을 남궁옥으로부터 받았다. 하지만 그게 전부가 아님을 엽무백은 알고 있었다. 그녀는 안내자인 동시에 감시자였다.

남궁옥은 엽무백을 완전히 신뢰하지 않았다.

그건 아군이 아닐지도 모른다는 의심이라기보다는 얼마나 신뢰할 수 있느냐는 정도의 문제였다.

전날 내력을 묻는 말에 시원한 대답을 해주지 않은 탓이다. 매혈방과 황벽도를 피로 물들이고, 철갑귀마대를 맞아 그렇게 싸운 사람도 조심하고 또 조심해야 할 만큼 그들이 처한 상황은 위태로웠다.

"당문의 암기만 할까."

"위력을 말하는 게 아니에요. 대나무만 있으면 언제든지 원하는 만큼의 암기를 만들어낼 수 있는 용이성이 놀랍다는 거예요."

"내력을 알고 싶나 보군."

"궁금하지 않을 수가 없잖아요."

"남궁옥이 시켰소?"

"저도 궁금하고요."

정곡을 찌르는 질문에도 당소정은 전혀 놀라지 않았다. 그래서 엽무백은 불쾌함이 가실 수 있었다. 그녀 스스로가 당당할 만큼 엽무백에게 나쁜 의도를 가지고 접근한 게 아니라는 말이 되니까.

"내력 같은 건 없소. 누구든 일정한 경지에 이르면 길가의 돌멩이로도 사람을 죽일 수 있는 법이니까. 난 다만 효율성을 좀 더 추구한 것이고."

"'누구든'이라는 말은 일 갑자 이상의 내공을 지닌 고수들에게만 해당되는 말이겠죠?"

"내공이 전부는 아니오."

"좀 더 설명해 줄래요?"

"……?"

"왜요?"

"처음 느낀 인상과는 좀 달라서 말이오."

"처음엔 어땠게요?"

"차가웠소. 누구에게도 쉽게 마음을 열어주지 않을 사람처럼."

"그건 오히려 제가 하고 싶은 말인 걸요."

"우리는 닮은 구석이 많나 보군."

"아니라는 말씀은 안 하시네요."

"사실이니까."

"하지만 결과적으로는 그렇지 않죠."

"무슨 말이오?"

"위험을 무릅쓰고 진자강과 조원원 소저를 금사도로 데려가고 있잖아요. 말씀하시는 것처럼 금사도만이 목적이라면 굳이 그런 수고를 감당할 이유가 없죠. 당신이라면 혼자서 가는 편이 훨씬 쉬울 테니까."

"내가 그 사람들을 이용하는 거라면?"

"불편과 수고로움과 위험을 감수하는 만큼 당신이 두 사람을 통해 얻는 게 뭐가 있을까요? 전 아무리 생각해도 모르겠는걸요."

"사실 별 쓸모가 없기는 하지. 밥도 많이 먹고."

엽무백은 잠시 사이를 두었다가 말을 이었다.

"그래도 제 몫은 하는 사람들이오. 앞으로도 그럴 거고."

당소정은 피식 웃었다.

"왜 웃는 거요?"

"말이 조금씩 달라지는 거 아세요?"

"내가 그랬소?"

"처음엔 머리로 만났지만 점점 마음이 가고 있다는 증거죠. 당신은 분명 좋은 사람일 거예요."

"나보다 나를 더 잘 아는구려."

"제가 본래 정리를 좀 잘하죠."

"앞으로 당신과 대화를 하려면 긴장해야겠군."

당소정이 말갛게 웃었다.

"후회하지 않소?"

"무얼 말인가요?"

"나 때문에 위험해졌잖소. 모두."

"당신 때문에 희망을 품게 됐죠. 모두."

"결과가 어떻게 될지는 아무도 모르는 거요."

"끝까지 가보기 전엔 아무도 모르는 거죠."

이건 엽무백이 황벽도에서 초월이에게 해줬던 말이다. 그
게 당소정의 입에서 흘러나왔다면 범인은 한 명밖에 없다.

"진자강에게 들었어요. 당신 말이 맞아요. 광야를 달리는
말은 뒤를 돌아보지 않는 법이죠. 칼을 뽑았으니 끝까지 가기
로 했어요."

당소정이 표정을 싱그럽게 고쳐 다시 물었다.

"그런데 아직 제 질문에 답하지 않았다는 거 아세요?"

엽무백은 실소를 짓고는 투골저에 대한 뒤늦은 설명을 시
작했다.

"자연계에는 인간이 알지 못하는 미지의 힘들이 존재하오."

"당신도 그 힘을 이용하는 건가요?"

"이거 완전히 심문을 받는 기분이군."

"언짢았다면 죄송해요."

"언짢을 것까진 없는데, 대화를 이어가긴 어려울 것 같소."

말과 함께 엽무백이 당소정 너머로 시선을 던졌다. 천웅을 살피러 갔던 조원원과 진자강이 헐레벌떡 달려오는 중이었다.

엽무백은 사달이 벌어졌음을 직감적으로 알아차렸다. 아니나 다를까. 지척에 이르자마자 조원원의 입에서 놀라운 말이 튀어나왔다.

"배들이 움직이고 있어요."

"무슨 말이야?"

"모르겠어요. 호수 가득히 떠 있던 배들이 죄다 뱃머리를 돌려 어딘가로 향하고 있어요."

배들이 한 방향으로 움직인다는 것은 천라지망이 깨졌다는 걸 의미했다. 인원을 보강해도 모자랄 판에 천라지망을 깬다는 건보다 확실한 수가 생겼다는 뜻이다. 그 수가 이쪽에게 유리할 리 없다. 엽무백이 당소정을 돌아보며 말했다.

"외부에서 활동하는 정보꾼들이 있소?"

"그게 무슨……?"

"오십여 명이나 되는 사람들이 몽중연이라는 좁은 공간에서 자급자족할 수는 없소. 분명 바깥에서 경제활동을 하며 정보를 입수하는 사람들이 있을 것이오. 그렇지 않소?"

당소정이 두 눈을 동그랗게 떴다.

엽무백의 통찰이 놀라웠던 탓이다. 동시에 지금 이 시점에서 그 얘기를 꺼내는 이유를 알 수가 없었다.

"외선(外線)이라 불리는 사람들이 일부 활동하는 것으로 알고 있어요. 한데 그건 왜······?"

"사람들을 모두 모이게 하시오."

* * *

몽중연은 협소한 공간에 많은 사람이 거주하는 형태인지라 농사를 지을 수도, 고기를 잡을 수도 없다. 해서 남궁옥은 비선의 일부를 바깥으로 보내 경제활동을 하게 하는 한편 정보를 수집하게 하였다.

이들을 비선의 바깥에 있다 하여 외선이라 하는데, 이따금 밤을 틈타 호수 가운데서 만나 물자를 공급받거나 몽중연 사람들이 바깥으로 나갈 일이 있을 때 길 안내를 받았다.

엽무백이 공강에서 몽중연으로 들어올 때 앞서 달려가며 길을 살피고 주의를 끌어준 의문의 비조선들이 바로 그들 외선의 사람들이었다.

엽무백의 말을 들은 남궁옥은 낮에는 외선과 접촉하지 않는다는 금기를 깨고 즉각 바깥으로 사람을 보냈다. 그가 돌아온 것은 반나절이 지난 후였다.

사람들이 한곳에 모였다.

모두가 숨을 죽인 가운데 남궁옥의 무거운 음성이 흘러나왔다.

"놈들이 양민들까지 닥치는 대로 잡아들이고 있습니다. 손등에 옹이가 박힌 사람, 손날에 굳은살이 박인 사람들은 물론이고 집안에 병장기를 하나라도 은닉한 사람들까지 모두 잡아들이고 있습니다."

"왜죠?"

조원원이 놀라 물었다.

"무예를 조금이라도 수련한 흔적이 있는 사람은 정도무림의 생존자로 간주, 흉악한 살성과 그 일당을 숨겨준 역도의 무리를 숨기는 데 일조한 대가로 목을 칠 거랍니다. 벌써 현장에서 저항하던 열 명의 목을 쳤고, 나머지 오십 명은 비선의 위치를 말하지 않을 경우 유(酉)시를 기해 점장대(点將台)에서 반 시진 간격으로 열 명씩 숙청을 할 거랍니다."

현상에서 열 명의 목을 친 건 단순한 엄포가 아니라는 걸 보여주기 위함이다. 가만히 있을 경우 애꿎은 양민 오십 명의 목숨이 사라진다.

"비선의 위치를 말하라는 건 무슨 뜻인가요?"

"놈들은 잡아들인 사람들 중에 비선이 있다고 생각하는 것 같습니다. 실제로 팽도굉을 비롯해 다섯 명의 외선이 사로잡혔습니다. 팽도굉은 몽중연의 부적주로 하북팽가의 유일한 혈족입니다."

좌중이 찬물을 끼얹은 것처럼 고요해졌다.

남궁옥이 잠시 사이를 둔 다음 말을 이었다.

"팽도굉은 성질이 불같은데다 누구보다 의협심이 강한 사람입니다. 천만다행으로 아직까지는 신분이 발각되지 않은 것 같지만 놈들이 양민들을 죽이기 시작하면… 어떤 판단을 내릴지 모르겠습니다."

"가랑이를 쫙 찢어 죽일 놈들! 아무리 마도천하라고 한들 국법이 지엄하거늘, 어떻게 백주에 양민들을 처형한단 말이에요!"

조원원이 분개해 외쳤다.

여자의 입에서 육두문자가 튀어나왔지만 이상하게 여기는 사람은 아무도 없었다. 모두 더 심한 욕이 목구멍까지 올라오는 걸 가까스로 참고 있었으니까.

"그러잖아도 끌려간 사람의 가족들이 억울함을 호소하기 위해 관아로 달려갔지만 현령을 만나기는커녕 문도 열어주지 않더라는군요."

장기룡이 어금니를 빠드득 갈며 말했다.

"황실이며 관아며 마교의 눈치를 본 지 오래예요. 내장을 뽑아버려도 시원찮을 놈들 같으니라고!"

조원원의 육두문자가 다시 터졌다.

좌중이 크게 술렁였다.

방법은 두 가지다.

저들이 원하는 대로 점장대로 들어가든가, 아니면 팽도굉이 비선의 위치를 발설하기 전에 이곳을 떠나든가. 하지만 어느 쪽도 쉽지 않다. 힘든 판단이다.

"아침까지만 해도 천웅까지 동원해 천라지망을 펼치더니 왜 갑자기 작전을 바꾼 거죠?"

당소정이 말했다.

"나를 불러내려는 거요."

엽무백이 말했다.

사람들의 시선이 모두 엽무백을 향했다.

모두가 흥분한 가운데 착 가라앉은 목소리가 흘러나오자 분위기가 쩌정쩡 얼어붙었다.

엽무백은 조용히 눈을 감았다.

한마디를 흘러놓고 눈을 감아버리자 사람들은 이러지도 저러지도 못하고 엽무백의 입술만 뚫어지게 바라보았다.

권각술은 무인이라면 누구나 익히는 기본공에 속한다. 권각을 다지고 그 성취가 어느 정도에 이러 보법과 투로에 대한 통찰이 생겼을 무렵에야 비로소 평생을 함께할 병기를 선택할 것인지, 아니면 더욱 깊은 권각의 세계로 나아갈 것인지를 결정한다. 고로 무예를 익힌 자라면 누구나 손에 흔적이 남게 마련이다.

　하면 무예를 익혔다고 모두가 무인일까?

　당연하게도 그렇지 않다.

　어떤 이들은 무예에 뜻을 두어 평생을 직업적으로 갈고닦기도 하지만, 그보다 훨씬 많은 사람이 그저 호신을 위해서 혹은 건강을 위해서 무예를 익힌다. 무공을 삶의 수단으로 삼는다면 모를까, 그렇지 않은 자들까지 무인으로 볼 수는 없다.

　놈들 역시 그걸 모르지 않을 터, 엽무백을 불러내기 위해 조호리산(調虎離山:산속에 숨은 범을 유인해 내다)의 계를 펼치기 위해 인질극을 벌이는 것이다.

　금적무는 뼛속까지 무인이다.

　제아무리 악명 높은 마교의 타격대라고는 하나 세상의 손가락질을 불사하고 이렇듯 악랄한 작전을 구사할 인물이 못 된다.

　하면 누구의 짓일까?

당연하게도 잠룡옥의 머리에서 나온 것이다.

잠룡옥은 이곳이 고향이다.

종횡으로 얽힌 인맥이 적지 않을 터, 그들로부터 손가락질 당할 것을 감수하고도 이런 작전을 감행하는 데는 그 역시 사정이 있을 수밖에 없다. 연이은 실패로 말미암아 신교로부터 심각한 압박감을 느끼는 것이다.

뇌총의 방식을 알기에, 잠룡옥의 품성을 짐작하기에 혹여 이런 일이 있지나 않을까 염려도 했다. 하지만 정말로 실행에 옮길 줄은 몰랐다.

제아무리 다급하다고 해도 양민들을 잡아다 목을 베는 건 너무하지 않은가. 싸움에도 암묵적인 선이라는 게 있거늘.

엽무백이 눈을 번쩍 떴다.

순간, 그의 눈에서 섬광이 뿜어져 나오는 듯한 느낌에 사람들은 일제히 가슴이 철렁 내려앉았다.

엽무백이 남궁옥을 돌아보며 물었다.

"점장대는 어떤 곳이오?"

"호수의 서북쪽에 구강(九江)이라는 강줄기가 흘러드는 곳이 있습니다. 강물의 여파로 물길이 수시로 바뀌는 데다 수심이 깊어 배를 타지 않고는 함부로 다닐 수가 없는 곳이지요. 섬장대는 그 한가운데 우뚝 솟은 일종의 바위섬입니다."

바위섬에서 싸우자고?

철갑귀마대의 숫자만 해도 이백이 넘거늘.

사람들은 모두가 같은 의문을 가졌다.

하지만 아무도 함부로 대화에 끼어들지 못했다. 지금 엽무백과 남궁옥의 전신에서 뿜어져 나오는 기세가 그만큼 위압적이었기 때문이다.

"대(台)라는 이름이 붙은 걸 보면 평범한 섬이 아닌 듯하오만."

"섬이라기보다는 불쑥 튀어나온 암초입니다. 천여 평 정도로 협소하지만 이 장 높이에 평평한 암반지대인지라 오(吳)나라 장수 주유(周瑜)가 그곳에서 수군(水軍)을 훈련했다는 설도 있지요."

엽무백은 잠룡옥의 의중을 알 것 같았다.

섬을 전장으로 삼으면 잠룡옥의 입장에서 승부를 가를 만큼 확실한 이점이 여러 가지가 있다.

첫 번째, 호수를 건너오는 적의 모습을 훤히 볼 수 있다는 것이다. 이렇게 되면 엽무백의 입장에서는 소수의 병력이 절대다수의 적을 상대로 할 때 가장 효과적인 전술인 기습과 암습이 불가능하다.

두 번째, 퇴로가 없다.

도주로도 없고, 조력자의 힘도 빌릴 수 없는 섬에서 엽무백은 홀로 적들과 싸워야 한다.

철갑귀마대의 고수가 이백, 거기에 점장대의 넓이를 고려해 인근 수채와 무림 방파에서 고르고 고른 고수들이 대거 동원될 것이고 보면 족히 삼사백은 되는 인원이 기다리고 있으리라.

협소한 공간에서 하나같이 고강한 적 수백 명을 상대로 싸우는 것은 위험천만한 일이다. 행동반경에 큰 제약이 따르는 데다 체력의 소모 또한 극심하기 때문이다.

신도를 떠나오던 날 밤, 엽무백은 장벽산에게 이와 비슷한 작전을 제안한 적이 있었다.

교주의 삼 년 탈상제(脫喪祭)를 치르는 날 십봉룡과 팔마왕을 비롯해 수백의 마군들을 모두 무신총(武神塚)에 몰아넣고 혈검조(血劍組)의 고수 삼백을 투입해 마지막 한 명이 남을 때까지 싸우자고 했던 말……

지금은 그때보다 더 열악하다.

혈검조는 삼백이었던 반면 엽무백은 혼자다.

지금 점장대에 펼쳐진 병력과 검진이면 팔마궁의 궁주들도 잡을 수 있다. 잠룡옥은 이번 전투로 추격전의 종지부를 찍을 생각이었다.

'원한다면 그렇게 해주지.'

엽무백이 지리에서 천천히 일어났다.

"어쩌려는 거죠?"

당소정이 엽무백을 올려다보며 물었다.

엽무백은 대답 대신 몽중연의 하늘을 응시했다. 저 멀리 호수 쪽 창공에 천응이 배회하고 있었다. 아마도 저 아래에 놈들이 있을 것이다.

"설마… 점장대로 들어가려는 건 아니죠?"

당소정이 물었다.

"맞소."

"퇴로도 없는 협소한 공간이에요. 철갑귀마대가 수라멸진을 펼치고 있을 게 분명한데, 지금 불구덩이 속으로 뛰어드는 건 자살행위나 다름없어요. 죽은 마교주가 살아 돌아온다고 해도 불가능해요."

"마교주의 신위를 본 적 있소?"

"그건…….."

"철갑귀마대나 수라멸진 따위는 마교주의 옷자락 하나도 건드리지 못하오."

"당신도 마교주가 아니죠."

엽무백은 물끄러미 당소정을 응시했다.

의외였다.

억울하게 죽은 열 명의 양민에 대한 복수와 남은 오십 명의 구명을 위해서라도 그녀가 먼저 점장대로 들어가자고 할 줄 알았거늘.

조원원과 진자강, 법공도 의아한 표정으로 당소정을 바라보았다. 사람들의 기색을 읽은 당소정이 말했다.

"적게는 수만 명에서 많게는 십만에 달하는 사람들이 마교의 칼에 쓰러졌어요. 살아남은 사람들은 목숨을 부지하기 위해 지하로 잠적해 숨죽여 살아야 했죠. 언제 마교의 추격대에게 발각되어 목숨을 잃을지 모른다는 불안과 초조함에 떨면서. 무려 십 년 동안이나. 그리고 누군가 나타났어요. 그는 혼자서 배신자들을 박살 내고 마교의 고수들을 쳐 죽이면서 금사도를 찾아가고 있죠."

"하고 싶은 말이 뭐죠?"

조원원이 앙칼지게 물었다.

당소정의 말에서 무언가 마음에 들지 않는 분위기를 감지했기 때문이다.

"아직 세상 밖으로 나오지 못한 정도무림의 생존자들이 중원 곳곳에서 당신을 지켜보고 있어요. 그의 한 걸음 한 걸음에 가슴을 졸이면서. 당신의 행보는 우리에게 주어진 마지막 기회가 될 거예요."

"그래서 오십 명이나 되는 양민들이 죽는 걸 지켜만 보자는 뜻인가요?"

"좋든 싫든 그는 이미 지도자예요. 지도자는 보다 큰 그림을 그려야 해요. 그의 한 걸음에 수많은 사람의 목숨이 달려 있으니까. 그리고 그가 냉철한 판단을 할 수 있도록 도와주는 것이 당신처럼 주변 사람들이 할 일이고요."

쾅!

조원원이 탁자를 내려치며 벌떡 일어섰다.

그리고 고함을 질렀다.

"그럴듯하게 이유를 갖다 붙이지만 결국 양민들이 죽도록 내버려 두자는 얘기잖아요!"

"전 보다 멀리 보자는 거예요."

"모두 같은 생각인가요?"

조원원이 주변 사람들을 쏘아보며 물었다.

적주 남궁옥, 비룡문의 위상문, 불이검문의 구일청, 성하장의 송백겸, 백선곡의 장기룡을 비롯해 모인 사람들 모두가 굳은 표정으로 눈을 감아버렸다.

양민들의 죽음은 안타깝지만, 지금은 대를 위해 소를 희생해야 할 때라는 뜻이다. 오직 한 사람, 법공만이 '뭐 이런 개호로자식들이 다 있지?'라는 표정으로 사람들을 훑어보았다. 툭 튀어나온 눈알을 이리저리 굴리는 것이 여차하면 철곤을 뽑아 탁자를 부숴 버릴 기세다.

조원원은 문득 호중천에서 지내던 시절이 생각났다. 이따금 정도무림의 생존자들이 나타날 때마다 자신은 어떻게든 그들을 구하려고 했다. 그때마다 적노는 생존자들을 구하는 것보다는 비선의 안전이 우선이라고 했다.

적노와 이들의 생각이 다르지 않다.

한 사람의 목숨이 곧 열 사람의 목숨이라는 걸, 엽무백 역시 그렇게 해서 만난 사람이라는 걸 이들은 왜 모르는 걸까.

"명문대파의 후예들은 무섭군요. 당신들이 어떻게 살았고, 강호를 어떤 눈으로 보는지 알겠어요. 하지만 저는 절대로 동의할 수 없어요. 위기에 처한 사람들을 보고도 모른 척한다면 아무도 우리를 따르려 하지 않을 거예요. 원칙이 무너지면 모두 무너지는 거라고요."

"진정하십시오. 사리를 따지고 들자면 방금 조 소저가 한 말도 정치적인 판단입니다. 당 매는 다만 좀 더 효율성을 따졌을 뿐이지요."

남궁옥이 당 매라는 호칭까지 써가며 당소정을 두둔했다.

조원원은 빈정이 확 상했다.

"거 듣자 듣자 하니 가관이로군."

참다못한 법공이 나섰다.

"다들 얼굴은 멀쩡하게 생겨가지고 이 무슨 개 같은 말씀들이오? 귀하들이 위기에 처했을 경우 우리가 대의를 위한답시고 처음부터 구할 생각도 안 해보고 그냥 내뺀면 좋겠소?"

"예를 갖추시오!"

장기룡이 법공을 향해 눈썹을 치떴다.

간밤에만 해도 술잔을 주거니 받거니 하면서 죽이 척척 맞던 두 사람이었다.

법공이 혀로 입술을 핥으며 장기룡을 노려보았다.

"사람의 입에서 개소리가 나오는데 어찌 예를 차리겠소. 개를 다루는데는 달리 법도가 있는 법. 어떻게, 여러 말 할 것 없이 한번 붙어보겠소? 미리 말해두건대, 이 몸은 이제 더는 화상이 아니외다."

법공은 말과 함께 허리춤에 매어둔 철곤을 쑥 뽑아 탁자 위에 슬그머니 올려놓았다.

법공은 천하제일곤이라 불리는 초절정의 고수, 이곳 몽중연에서 법공을 상대할 수 있는 사람은 없다고 해도 과언이 아니다. 적주 남궁옥이 가장 강했지만 법공을 당하기에는 모자랐다.

하지만 무인의 분노는 무공의 고하를 가리지 않는다. 명색이 소림사의 승려였던 법공의 오만방자한 태도에 장기룡을 필두로 한 사람들은 눈썹을 바들바들 떨었다.

그때 당소정이 말했다.

"저는 자결을 하겠어요."

"뭐요?"

"제가 적에게 잡히고, 여러분이 저를 구하기 위해 목숨을 걸어야 한다면 전 그렇게 하겠어요. 여러분이 저를 구하러 오지 못하도록. 그렇게 해서 세상을 바꿀 수 있다면 얼마든지."

차분한 목소리였지만 단단한 결의가 느껴졌다.

부담을 주지 않기 위해 스스로 자결을 하겠다고? 뭐 이런 독한 여자가 다 있나. 예상치 못한 당소정의 반응에 법공은 꿀 먹은 벙어리가 되어버렸다.

"어떤 현란한 말을 앞세워도 소용없어요. 위기에 처한 약자는 그 어떤 경우에도 그냥 지나치지 않는다. 이게 협의고 제 신념이에요."

조원원이 톡 쏘아붙였다.

"그건 조 소저의 신념이죠."

말과 함께 당소정이 엽무백을 바라보았다.

남궁옥을 필두로 몽중연의 사람들 전부가 엽무백을 향했다. 조원원은 간절한 눈빛으로 엽무백을 바라보았다. 법공은 '네가 뭐라고 씨부렁거리는지 두고 보겠다' 라는 눈빛으로 엽무백을 노려보았다. 당소정의 말처럼 모든 건 엽무백의 판단에 달려 있었다.

엽무백은 사람들을 쓸어보며 말했다.

"내 행보를 왜 당신들이 왈가왈부하지?"

사람들의 눈동자가 착 가라앉았다.

"내가 금사도로 기려는 건 마교의 패망을 보기 위해서다. 하지만 가는 와중에라도 배알이 뒤틀리는 광경을 보면서까지

군이 참고 싶은 생각은 없다. 지금 잠룡옥과 금적무의 행보는 내 인내의 한계를 넘어섰어. 해서 놈들의 인생에 종지부를 찍어줄 참이니 누구든 더는 토를 달지 말도록."

거침없는 하대, 좌중을 압도하는 위압감.

돌변한 엽무백의 기도에 사람들은 크게 당황했다. 아무도 말을 꺼내지 못하고 있을 때 법공이 커다란 손으로 탁자를 쾅 내려치며 말했다.

"푸하하. 십 년 전에 얹힌 만두가 내려가는 것 같군!"

법공은 손바닥으로 탁자를 짚은 상태에서 엽무백을 무섭게 쏘아보며 말을 이었다.

"나 역시 금사도가 실제로 존재하는지 궁금하긴 하다. 좀 더 솔직히 말하면 있으면 좋고 없어도 그만이다. 하지만 마인 놈들 때려잡는 일이라면 빠지고 싶은 생각이 없다. 어때? 이만하면 나도 낄 자격이 있지?"

"오지 말라면 안 올 거야?"

"물론 아니지."

"그러면서 뭘 물어?"

"처음부터 나를 계산에 넣었던 거야?"

"딱히 하는 일도 없잖아. 밥값 한번 해."

"밥값 한 번 비싸게 치르겠군."

"너 먹는 거 보면 비싸지도 않아."

법공이 뭐라고 대꾸를 하려는데 조원원이 불쑥 가로챘다.

"저도 가겠어요."

"당신은 나중에 얘기해."

"미리 말해두겠는데, 전 꼭 갈 거예요."

"저도 가겠어요."

사람들의 시선이 모두 당소정을 향했다.

"왜 이랬다 저랬다 하는 거요?"

"당신이 가지 말아야 한다는 생각은 지금도 변함이 없어요. 하지만 간다면… 혼자 보낼 수 없어요."

"놈들이 원하는 건 나요. 선후를 따져도 내가 이곳을 찾는 바람에 당신들이 위험해졌어. 그러니 이번 싸움은 온전히 나의 싸움이오. 당신들은 상관 말도록."

"금적무를 제게 주겠다고 하지 않았나요?"

엽무백은 굳게 다문 당소정의 입술에서 결의를 읽을 수 있었다. 하지만 한마디 얘기만큼은 해주지 않을 수 없었다. 어쩌면 당소정의 목숨보다 훨씬 중요할 수도 있는 문제를.

"당신이 도와준다고 전력에 큰 보탬이 되지는 않소. 하지만 만약 당신이 죽게 되면 사천당문의 맥은 끊어지게 되오."

그때 남궁옥을 필두로 한 몽중연의 사람들이 가볍게 웃기 시작했다. 엽무백과 조원원, 진자강, 법공이 고개를 갸우뚱했다. 저 인간들이 갑자기 왜 저러는 걸까? 잠시 후, 남궁옥이 웃음기를 거두고 이유를 설명했다.

"당 매 걱정은 하지 않으셔도 될 겁니다. 단언컨대 당 매를 죽일 수 있는 사람은 강호를 통틀어도 열 명이 채 안 될 겁니다."

이 한마디에 엽무백, 조원원, 진자강, 법공은 어리둥절해졌다. 칼을 차고 있다고는 하나 의방에서 환자들 진맥이나 하면 딱 어울릴 저 야리야리한 여자가 강호 십대고수라도 된단 말인가?

기세를 이어 남궁옥이 말했다.

"그리고 저도 함께 가겠습니다."

"당신은 또 왜?"

"잠룡옥은 그 옛날 남창의 비선들을 불태워 죽인 장본인이지요. 남창 비선의 적주인 제가 놈을 잡는 일에 빠질 것 같습니까? 게다가 팽도굉이 위험에 처했습니다."

"적주께서 가시는데 우리가 빠질 수 없지. 우리도 함께 가자고. 불만들 있나?"

장기룡이 좌우를 돌아보며 물었다.

위상문, 구일청, 송백겸 등을 필두로 몽중연에서 병장기를 쓸 수 있는 사람이란 사람들은 이구동성으로 턱도 없는 소리 말라고 했다. 남궁옥이 그들 모두의 시선을 담아 엽무백에게 말했다.

"대세는 기울어진 것 같습니다만."

"싸울 때 싸우더라도 나는 보고 가게."

갑자기 들려온 목소리에 사람들이 시선을 돌렸다. 저만치 안쪽 절벽 틈에서 금오가 걸어나왔다. 얼굴이며 팔뚝이 불티의 흔적과 땀으로 가득한 그는 옆구리에 둘둘 말린 거적을 힘들게 껴안고 있었다.

第五章　팔병(八兵)을 얻다

금오가 엽무백의 앞에서 두 손으로 거적을 받쳐 들었다. 돌돌 말린 거적의 끄트머리가 촤르륵 내려오면서 사 척 길이의 철곤 두 자루와 일 척이 조금 넘는 단검이 모습을 드러냈다.

　사람들은 직감적으로 엽무백이 금오에게 부탁한 병기가 완성되었다는 걸 알아차렸다. 한데 한 가지가 빠졌다. 이곳 몽중연으로 올 때 엽무백은 검 두 자루를 가지고 있었고, 금오에게 새로운 병기 제작을 부탁할 때 그것을 맡겼다.

　지금 그 검이 보이질 않았다.

　"용케도 만드셨군요."

엽무백이 말했다.

"난리가 났다는 소식을 듣고 조금 서둘렀네. 전장에 장수를 보내면서 맨손으로 가게 할 수는 없잖은가."

말과 함께 금오가 허리춤에 쑤셔둔 수건으로 이마에 흐르는 땀을 닦았다. 희뿌연 재와 함께 탁한 땀이 흠씬 묻어 나왔다.

조금 서둘렀다는 말과 달리 진이 빠지도록 쇠를 두들겼음이 분명했다. 하지만 제아무리 진력을 쏟아붓는다고 해도 재료가 모자라면 불가능한 것 아닌가.

"철이 모자란다고 하지 않으셨습니까?"

"모루를 녹였네. 그래도 강도를 맞출 수가 없어 사철도 몽땅 넣었고. 천하제일병이라고는 할 수 없지만 단언컨대 하늘 아래 이 병기를 자를 보검은 그리 많지 않을 걸세."

"모루라면……?"

금오가 쑥스럽게 웃었다.

엽무백의 표정이 굳어졌다.

사철은 귀할지언정 구할 수 없는 물건은 아니다. 반면 흔한 주철로 만들었다고 해도 한 방파의 역사가 고스란히 묻어 있던 모루는 세상에 하나밖에 없는 물건이다. 금오는 철기방의 상징이자 신물이니 다름없는 모루를 녹인 것이다.

"이 병기에는 점창의 혼과 아미의 기개와 철기방의 땀이 함께 녹아 있네. 부디 금사도까지 무사히 가기 바라네."

금오의 눈가가 촉촉하게 젖어들었다.

힘없는 방파의 부방주로 평생을 철만 두들겨 온 늙은 야장의 염원은 자신이 만든 병기로 마교를 쓰러뜨리는 것이었다. 엽무백은 금오의 한마디 바람이 그 어떤 병기보다 무겁게 느껴졌다.

"뭐 하시는 겐가, 늙은이 팔 빠지겠네."

엽무백은 가볍게 고개를 끄덕이고는 두 자루 곤을 집어 들었다. 묵직한 무게감이 느껴졌다. 그 옛날, 장벽산을 처음 만났을 때부터 시작해 십칠여 년을 수련했던 병기가 마침내 손에 되돌아오는 순간이었다. 손에 익은 것은 아니었지만 대륙 제일의 장인에게서 나온 물건이니 그 위력은 의심할 필요가 없을 것이다.

"나랑 겹치는걸."

법공이 혼잣말처럼 중얼거렸다.

사람들은 궁금했다.

두 자루 곤이 무엇이관데 엽무백의 얼굴이 저렇게 감개무량해지는 걸까? 겉보기에는 그저 평범한 두 자루 철곤에 지나지 않거늘.

그때 엽무백이 쌍곤을 양쪽으로 비스듬히 내렸다. 순간, 지금까지의 차분한 모습은 온데간데없고 엽무백의 두 눈에서 섬광이 뿜어져 나왔다. 돌변한 그의 기도에 사람들의 표정이 딱딱하게 얼어붙었다.

엽무백이 보법을 펼치며 병기를 휘두르기 시작했다. 곤이 두 자루니 이병(二兵)이었다.

사사삭.

발이 모래를 어지럽게 쓸었다.

허공을 가르는 곤에서 모골이 송연해지는 파공성이 들렸다. 동시에 엽무백의 전신에서 태산이라도 쪼갤 듯한 기세가 뿜어져 나와 좌중을 압도했다.

어느 순간 엽무백이 동작을 멈추더니 두 자루 곤을 바닥에 힘껏 찍었다. 이어 바닥에 수직으로 꽂힌 곤으로부터 한 자쯤 위의 허공을 향해 양손을 쭉 뻗었다.

그 순간 놀라운 일이 벌어졌다.

쑹쑹!

괴이한 음향과 함께 곤 속에 숨어 있던 두 자루 검이 뱀처럼 튀어나와 엽무백의 손아귀로 빨려 들어갔다. 곤은 속이 텅 빈 일종의 관이었고, 그 속에 격(格:손등을 보호하기 위한 장치)을 제거한 검을 꽂아놓은 것이다.

쌍곤에 이서 쌍검이 추가되었으니 사병(四兵)이었다.

"내 물건이랑 조금 다르긴 하군."

법공이 혼잣말로 중얼거렸다.

엽무백은 검으로 허공을 두어 번 휘둘렀다. 격이 제거된 것 외에는 동일했기에 검에 대한 감각은 충분했다. 검을 머리 위로 살짝 던졌다. 동시에 바닥에 꽂아두었던 두 자루 곤을 뽑아 천중을 향해 쭉 뻗었다.

츠카캉!

바닥으로 떨어지던 검이 곤 속으로 무섭게 빨려 들어갔다. 떨어지는 방향과 속도를 계산해 정확히 곤을 뻗는 엽무백의 솜씨에 박수갈채가 터져 나왔다.

괴이한 일은 그때부터 시작이었다.

엽무백은 칼이 들어간 방향으로 두 자루 곤을 맞붙여 잡았다. 그러자 손안에서 곤이 반대방향으로 맹렬하게 회전했다. 장경(掌勁), 즉 손바닥 안에서 생성된 무형의 경력을 통해 곤을 회전시키는 것이다.

기이잉, 찰칵!

두 자루 곤이 눈 깜짝할 사이에 하나로 맞물리더니 팔 척에 달하는 장봉(長棒)이 만들어졌다.

사람들은 입이 쩍 벌어졌다.

곤의 끄트머리에 각각 양각과 음각으로 무수한 홈을 새겨 놓은 모양, 처음엔 두 자루 곤이었던 쇠몽둥이가 검 두 개를 토해내더니 이번엔 다시 하나로 붙어 장봉이 됐다. 이렇게 되면 장봉 하나로 장봉 원래의 공능은 물론 쌍곤과 쌍검의 위력까지 모두 가지게 된다.

오병(五兵)의 탄생이었다.

"내 것과는 확실히 다르군."

법공의 말이었다.

한데 그게 끝이 아니었다.

엽무백이 아직도 거적 위에 놓여 있는 창두를 집어 들었다. 아미파의 창두는 그 자체로 하나의 단검이니 육병(六兵)이다.

여기에 엽무백은 앞서 곤과 곤을 연결할 때처럼 창두와 장봉을 양손에 쥐고 맞댄 다음 또다시 회전시켰다.

기이잉 찰칵!

장봉과 창두가 만나 장창(長槍)으로 변하는 건 그야말로 눈깜짝할 사이였다.

칠병(七兵)의 탄생이었다.

거기에 사람들은 몰랐지만 엽무백의 품속엔 낮에 만들어 둔 투골저 백 자루가 있었다. 투골저는 모두가 일회용이므로 숫자가 얼마나 됐든 일병(一兵)으로 간주한다.

이렇게 해서 전체 십 병 중 팔 병을 한꺼번에 손에 넣었다.

엽무백은 흡족했다.

사람들은 그야말로 쩍 벌어진 입을 다물지 못했다. 세상에 수많은 기형병기기 있다고 하지만 하나의 병기가 일곱 개의 병기로 변신하고, 일곱 개의 병기가 하나로 변신한다는 얘기는 듣도 보도 못했다. 단병(短兵)과 장병(長兵), 그리고 중병(重兵)과 경병(輕兵)이 하나로 합쳐진 저 귀병(鬼兵)을 대체 뭐라고 불러야 할까.

"온갖 잡병은 다 익혔나 보군."

법공이 말했다.

엽무백이 사납게 고개를 꺾었다.

놀란 법공이 움찔하는 사이 엽무백은 한 사람 한 사람 뚫어지게 바라보았다. 싸울 수 있는 사람의 숫자는 겨우 이십, 모두 당소정만큼이나 결의가 넘쳤다.

십여 년을 숨죽여만 살다가 모처럼 싸울 생각을 하니 다들 피가 끓는 모양이었다. 하지만 하고 싶은 것과 할 수 있는 것 사이에는 괴리가 있게 마련이다. 아마도 저들 중 절반은 살아서 돌아오지 못하리라.

이윽고 결심을 굳힌 엽무백이 말했다.

"모두 준비되었소?"

"하명하십시오."

남궁옥이 자리에서 벌떡 일어나더니 두 주먹을 모았다. 상관을 대하는 예를 갖춤으로써 엽무백의 명령에 무게를 실어주려는 것이다.

적주인 남궁옥의 이런 태도에 사람들이 모두 자리에서 일어나 함께 포권을 쥐었다. 그들 역시 남궁옥과 뜻을 같이할 것임을 행동으로써 보여주려는 것이다.

　물론 그렇지 않은 사람도 있었다.

　법공은 턱을 벅벅 긁으며 딴청을 피웠다.

　"도끼는 좀 다루나?"

　엽무백이 법공에게 물었다.

　"나?"

　"그래 너."

　법공은 씨익 웃더니 등에 옆구리의 장삼자락을 슬쩍 들추었다. 그러자 큼지막한 도끼날 두 개가 가죽을 꼬아 만든 요대에 관통당한 채 매달려 있었다.

　법공은 요대를 풀어 도끼날을 빼낸 다음, 허리춤에 찔러놓았던 철곤을 마저 뽑아 그것을 끼웠다. 마지막으로 바닥을 향해 두어 번 쾅쾅 찍는 것으로 철곤은 눈 깜짝할 사이에 두 자루 대부로 변신해 버렸다.

　"어때? 내 것도 네 것 못지않지?"

　엽무백은 훗 웃고는 남궁옥을 향해 말했다.

　"적주는 배를 타고 곧장 점장대로 가시오. 도착하면 내가 신호를 주기 전까진 무슨 일이 있어도 공격을 하지 말고 기다릴 것."

　"같이 가는 게 아닙니까?"

　"나와 법공은 따로 가오."

"신호는 무엇입니까?"

"때가 되면 자연히 알게 될 것."

"알겠습니다."

엽무백은 다시 조원원을 돌아보며 말했다.

"적주와 함께 가는 것까진 허락하겠다. 하지만 당신의 임무는 진자강을 지키는 것이다. 내 말 흘려듣지 말도록."

"알았어요."

"알겠습니다."

진자강과 조원원이 쌍둥이처럼 고개를 끄덕였다.

"모두 무운을 빈다."

말을 끝낸 엽무백이 공터를 달리기 시작했다.

법공은 영문도 모른 채 뒤를 따랐다.

엽무백에게 지기 싫은 법공은 일신의 공력을 발휘 눈 깜짝할 사이에 절벽에 이르렀다. 이어 단숨에 대여섯 장을 뛰어올라 절벽에 게처럼 착 달라붙었다.

"웃차!"

척척!

놀랍게도 법공은 대부로 절벽을 찍으며 올라가기 시작했다. 그 속도가 가히 도마뱀처럼 빠른지라 사람들은 입이 쩍 벌어졌다.

"파석공(破石功)……!"

누군가의 입에서 나직한 신음이 새어 나왔다.

소림 칠십이종절예 중 하나로 만년거암을 깨부수는 무학이다. 내공이 일 갑자 이상은 되어야만 비로소 제 위력을 발휘하는 거력의 무학.

사람들은 다시 한 번 법공의 신위를 실감했다.

하지만 법공의 이 뛰어난 재간을 아이들 장난쯤으로 만들어 버리는 일이 뒤를 이어 벌어졌다.

기합과 함께 절벽을 힘차게 찍으며 올라가는 법공의 옆으로 한 사람이 직벽을 수직으로 달리며 휙 지나간 것이다.

당연하게도 그는 엽무백이었다.

사람들의 눈이 휘둥그레졌다.

사람이 도마뱀이 아닐진대 어찌 직벽을 수직으로 타고 달린단 말인가. 좌중이 찬물을 끼얹은 듯 고요한 가운데 법공이 한순간 우뚝 멈췄다. 절벽에 착 달라붙은 그의 사지가 바들바들 떨리고 있었다.

*　　　*　　　*

엽무백은 우거진 숲을 바람처럼 달렸다.

호수를 가로지르면 십 리에 불과함에도 열 배가 넘는 길을 돌아서 가는 이유는 오직 하나 적들의 눈을 속이기 위해서였다.

하지만 거리 따윈 문제가 되지 않았다.

유령비조공(幽靈飛鳥功)을 극성으로 익힌 그는 바람처럼 은밀하게, 번개처럼 빠르게 숲을 관통하고 있었다.

"무슨 속셈이지?"

어깨를 나란히 한 채 달리던 법공이 물었다.

그 육중한 몸으로 전력질주하는 데도 불구하고 법공은 숨결 하나 흐트러지는 법이 없었다. 신법의 은밀함과 쾌속함 또한 엽무백에 비해 조금도 뒤지지 않았다.

당연했다.

법공은 지금 정도무림이 건재하던 시절 곤륜의 운룡대팔식(雲龍大八式), 개방의 취리건곤(醉裡乾坤)과 함께 천하삼대 경신공 중 하나라는 금강부동신법(金剛不動身法)을 펼치고 있었다.

"간단해. 뒤통수를 치는 거야."

"그러니까 그게 뭐냐고."

"보면 알아?"

"나도 좀 알면 안 될 거나?"

"귀찮아."

"쪼잔한 인간."

　　　　　*　　　　*　　　　*

　비조선 다섯 척에 중무장한 사람들을 나눠 싣고 노야묘수역을 빠져나온 남궁옥은 머지않아 큰 배 한 척을 만났다.

　유람을 나온 부호들이 기녀들과 함께 여흥을 즐기는 선루(船樓)에는 낯익은 사람들이 나눠 타고 있었다. 숫자는 이십여 명, 강궁과 대도로 중무장을 한 그들은 외선의 고수들이었다.

　"어찌 된 일인가?"

　남궁옥이 비조선에 서서 물었다.

　"놈들을 친다고 들었습니다. 우리도 돕겠습니다."

　뱃머리에 선 사내가 말했다.

　장대한 체구에 대감도를 비껴찼는데 기도가 대단했다.

　"내 명령 없이는 함부로 신분을 드러내지 말라 일렀거늘."

　"흑룡선이 동원되었습니다. 만약 놈들이 쇠뇌라도 쏜다면 뱃전에 오르지도 못하고 몰살을 당할 것입니다. 어서 오르시지요."

　비조선은 얇게 켠 판자 십여 개를 덧대 갈잎처럼 길쭉하게 만든 소선이다. 실용성을 일절 배제한 채 오직 속도만을 내기 위해 만든 배이니만큼 많아야 대여섯 명이 타는 게 한계다.

　그나마도 정원을 모두 채우면 가장자리가 수면과 맞닿을

것처럼 착 가라앉는다. 뱃머리에 선 사내의 말처럼 놈들이 높은 흑룡선에서 쇠뇌를 쏴댄다면 좁은 비조선 안에서 우왕좌왕하다가 죽고 만다.

"모두 배에 오른다."

남궁옥의 명령이 떨어졌다.

다섯 척의 비조선으로부터 사람들이 새처럼 솟구쳐 올랐다. 사람들이 모두 오르자 선루의 좌우에서 이십여 개의 노가 튀어나와 빠른 속도로 배를 밀어내기 시작했다.

이렇게 해서 인원은 사십 명으로 늘어났다.

점장대에 도착했을 때는 해가 뉘엿뉘엿 질 무렵이었다. 서쪽 하늘에서부터 시작된 노을이 호수를 온통 붉게 물들여 가고 있었다. 이제 잠시 후면, 더욱 붉은 피가 호수에 뿌려지리라.

호수 한가운데서 불쑥 솟아오른 점장대에는 예상했던 대로 철갑귀마대의 무사 이백여 명이 대월도로 무장한 채 포진해 있었다.

섬이라는 특성상 말과 돌격창을 버리고 근접전에 위력을 발휘하는 대월도만 취한 것이다. 거기에 한철을 물고기 비늘처럼 하나하나 두들겨 만든 철갑을 입었다. 지나간 자리엔 아무것도 남지 않는다는 전투괴수들의 위용은 여전히 대단했다.

점장대를 중심으로 후방에는 이십여 척의 전선이 좌우로 날개처럼 퍼져 선단을 이루고 있었다. 전체적으로 학익진(鶴翼陣)의 형태를 취한 셈인데, 뱃전에는 하나같이 흉성을 뿜어내는 수적들과 해화방의 고수들이 도검을 비껴들고 서 있었다.

그 수가 오백여 명, 점장대의 넓이를 고려해 백병전에 능한 고수들로만 고르고 골랐을 것이다. 여기에 철갑귀마대 이백을 합치면 무려 칠백여 명의 고수가 엽무백을 잡기 위해 동원된 셈이었다.

숫자는 전날에 비해 작아졌지만 대신 훨씬 강해지고 살벌해졌다. 점장대는 순식간에 사지로 변해 버렸다.

그중 유난히 큰 배가 있었다.

점장대의 앞쪽에서 선단을 거느리듯 자리한 범선은 파양호에서 악명이 자자한 귀왕채의 흑룡선이었다.

내륙의 바다라고 불리는 파양호에는 사시사철 바람이 불고 파도가 친다. 바다만큼 넓지만 않을 뿐, 기후조건은 바다와 크게 다르지 않은 것이다.

흑룡선의 뱃전에는 잠룡옥과 금적무를 위시해 지금의 이 상황을 만드는 데 일조한 금부투왕, 독소마녀 등이 도열해 있었다.

선루는 점장대와 이십여 장의 거리를 두고 멈췄다. 거대한 범선, 중무장한 이백의 전투귀신, 오백여 명의 수적을 태운 이십여 척의 선단과 마주하고 있으려니 겨우 사십 명 남짓을 태운 선루가 한없이 작고 초라해 보였다.

사로잡힌 양민들은 점장대의 복판에서 철갑귀마대에 둘러싸인 채 굴비처럼 엮여 있었다. 그중 팽도굉과 사 인의 외선도 보였다. 남궁옥은 팽도굉과 슬쩍 눈빛을 나눈 후 다시 흑룡선의 뱃머리로 시선을 던졌다.

"오랜만이군. 잠룡옥."

남궁옥이 먼저 말했다.

"나를 알아?"

백의장삼을 입은 서생 잠룡옥이 쥘부채를 할랑할랑 부치며 물었다.

"남궁옥이다."

남궁옥이라는 한마디에 좌중이 크게 술렁였다.

정마대전이 끝난 지 십여 년이 지났지만, 그건 무림맹이 백기투항을 하던 날을 상징적으로 말한 것일 뿐, 실제로 한날한시에 모든 전투가 끝난 것은 아니었다.

적지 않은 무인들이 산발적인 전투를 이어나갔고, 그중 일부는 아직도 살아남아 삼삼오오 무리를 지어 다니며 혼세신교를 괴롭히고 있다.

남궁옥은 정마대전 이후 수년 동안 적지 않게 등장한 이름이었다. 덕분에 그의 내력은 물론 실력에 대해서도 이미 정평이 나 있었다. 남궁가주의 핏줄로 검을 휘두르면 벼락이 떨어진다던가?

하지만 잠룡옥은 사람들과는 다른 감흥으로 남궁옥을 보았다. 두 사람 사이에는 그 옛날 풀지 못한 은원이 있었다.

그 옛날 잠룡옥은 남창의 비선을 궤멸시키기 위해 그들의 은거지이자 퇴기들이 모여 산다는 환희동에 불을 질렀다.

사내와 퇴기들은 물론 아이들까지, 그날 밤 환희동에 있었던 사람은 단 한 명도 살아서 나가지 못했다. 유일하게 한 사람, 환희동에 없었던 남궁옥만 살아남아 후일을 기약하며 오늘에 이르렀다.

"시체가 없기에 살아 있을 거라고는 짐작했지. 그새 또 비선을 만들었군."

잠룡옥이 말했다.

"시간이 꽤 흘렀으니까."

"하지만 아쉽게도 오늘은 그대가 아니야. 이거 뱀 꼬리를 잡아당겼더니 닭 대가리가 나온 격이군. 십병귀는 어디에 있지? 아, 당신들은 엽무백이라고 해야 알아듣나?"

십병귀라는 말에 선루에 탄 사람들의 얼굴이 굳어졌다. 엽무백이 하나로 일곱 가지의 공능을 가진 괴병을 만들더니, 아마도 그것과 연관이 있는 모양이었다.

"그의 별호가 십병귀인 모양이군."

"놈의 내력을 알고 있나?"

"……?"

"모르는 모양이군. 하기사 정도무림의 후예들에게 스스로 마인이라고 말할 수는 없었겠지. 그는 마인일 뿐 아니라 신교의 초특급 살수였다. 지난날 그가 죽인 수많은 사람 중에 정도무림의 인물이 있지 말란 보장이 없지."

선루가 크게 술렁였다.

엽무백이 범상치 않은 내력을 지녔을 줄은 짐작했지만 신교의 고수일 줄이야. 게다가 잠룡옥이 흘린 뒷말은 엽무백에 대한 사람들의 생각을 송두리째 흔들어놓을 만큼 파괴력이 컸다.

저 말이 사실이라면 지금까지 흉악한 악적과 함께했다는 말이 아닌가. 중원 곳곳에 숨어 있는 정도무림의 생존자들은 악적이 금사도를 찾아가는 과정을 보며 가슴이 뛰었다는 말이 된다.

사람들의 시선이 일제히 조원원을 향했다.

전날 몽중연에서 엽무백에게 내력을 물었을 때 조원원이 나서 은둔고수의 제자라며 변호해 준 적이 있었다. 그때의 일에 대한 설명을 요구하는 눈빛이었다.

"엽 아저씨는 당신들과 달라!"

느닷없이 잠룡옥을 향해 고함을 지른 것은 진자강이었다. 아직 솜털이 가시지 않은 소년의 외침에 잠룡옥은 고개를 갸우뚱했다.

"네가 패도의 혈육이로구나."

"엽 아저씨는 마공을 익혔을지언정 마교도는 아니라고 그랬어. 또한 마(魔)는 외도(外道)일지언정 악(惡)이 아냐. 하지만 당신들은 강존약종(强尊弱從)의 교리를 앞세워 약자에 대한 폭력과 핍박을 정당화하고 있지. 무인이 양민들을 잡아다 목을 치겠다고? 후안무치한 놈들아, 부끄러운 줄 알아라!"

마는 외도일지언정 악이 아니라는 것은 엽무백이 진자강에게 했던 말이다. 그때 진자강은 '순진하시네요'라는 말로 일축했다.

지금 좌중의 공기가 살벌하게 변하자 저도 모르게 그때 들었던 말이 불쑥 튀어나온 것이다. 진자강은 자신이 말을 해놓고도 당황해 어쩔 줄을 몰랐다.

"과연 패도의 아들! 기생오라비보다 백 번 낫구나!"

밑도 끝도 없는 추임새로 진자강의 기를 살려준 사람은 조원원이었다. 조원원은 잠룡옥이 세 치 혀로 내분을 유도한다는 걸 알아차렸다. 거짓말은 아닐 것이다. 하지만 엽무백의 정체성은 나중의 문제, 지금은 힘을 하나로 합치는 것이 무엇보다 중요했다.

그래도 성이 차지 않는지 조원원이 한마디를 덧붙였다.

"마공을 익혔으면 어떻고 사공을 익혔으면 또 어떻단 말이냐. 난 마교도를 때려잡는 사람이라면 지옥의 악귀와도 벗하며 술을 마시겠다!"

조원원의 카랑카랑 목소리에 잠룡옥은 허허 웃었다.

"소저, 우린 구면인 듯하오. 통성명이나 합시다. 난 잠룡옥이라 하오."

"잠룡옥 같은 소리 하네. 그게 통성명하는 거냐? 그런 식으로 따지면 난 천하제일화(天下第一花) 모란검(牡丹劍)이다. 이 호로자식아."

"하하. 천하제일화 모란검이 걸레를 물었구려. 해월루(海月樓)는 좀처럼 세상에 모습을 드러내지 않는 신비롭고 고고한 문파였는데, 애석하다. 애석해. 내 어디 가서 해월루의 아리따운 후예가 상소리를 입에 올리더라고 말하리오."

잠룡옥은 조원원의 신분을 이미 짐작하고 있었던 것이다. 걸레 어쩌고 하면서 은근히 도발을 하는 모양인데 조원원은 전혀 개의치 않았다.

"푸하하. 기생오라비같이 생긴 개호로자식아. 그럴 일은 없을 테니 고민할 것 없다. 너는 오늘 내 손에 죽을 테니까 말이야."

사람들의 시선을 아랑곳하지 않는 조원원의 도발에 당소정은 그만 '풉!' 하고 웃음보를 터뜨렸다. 뒤를 이어 사람들이 킥킥 웃더니 급기야 웃음은 전선의 수적들에게까지 옮아갔다.

잠룡옥은 얼굴이 시뻘게졌다.

말재간이라면 누구에게도 뒤지지 않는 그가 만인이 보는 앞에서 새파란 계집에게 모욕을 당한 것이다.

잠룡옥은 수적들을 한 번 무섭게 노려보고는 다시 진자강을 향해 물었다.

"아이야, 네가 태어나기 전에는 달랐을 것 같으냐?"

느닷없는 질문에 진자강은 당황했다.

"큰 부자가 하나 만들어지기 위해서는 인근 마을 다섯 곳이 희생당해야 한다. 광동진가나 남궁세가와 같은 거대 문파가 탄생하기 위해, 그리고 그들이 그 힘을 지켜 나가기 위해 작고 힘없는 문파들이 얼마나 사라졌을지 생각해 본 적 있느냐?"

"……!"

"탓하려는 게 아니란다. 다만 강한 자가 지존이 되고 약한 자가 종이 되는 것은 시대와 장소를 초월한 자연의 섭리라는 것을 말해주고 싶을 뿐이지."

진자강은 할 말을 잃었다.

정마대전이 한창일 때는 뱃속에 있었고, 세상을 알 수 있게 되었을 때는 마도천하가 되고 난 이후였다. 무림이 어떤 곳이었는지, 정파가 무엇인지, 협의가 무엇인지 진자강은 아는 바가 없었다.

"뇌총의 잠룡옥이 말이 좋다더니 사실이었군."

남궁옥이 말했다.

지금까지의 정중한 어투와 달리 착 가라앉은 음성이었다. 그는 줄곧 말없이 잠룡옥을 지키던 금적무에게 시선을 던지며 말했다.

"그대와 나, 비록 적으로 만났으나 이 남궁 모는 철갑귀마대주 귀환도가 무인이라고 알고 있소. 무인으로서 한 가닥 자존심이라도 남아 있다면 이제라도 양민들을 풀어주는 게 어떻소?"

"양민? 저들 중 양민이 하나라도 있다면 내 손가락에 장을 지지겠다. 또한 저들 중, 암중에서 네놈들을 돕는 비선의 끄나풀이 한 놈이라도 없다면 내 목을 주겠다."

잠룡옥이 대답을 가로챘다.

"무인과 무인이 얘기하고 있다. 모사 나부랭이는 빠져라!"

남궁옥이 지엄하게 호통을 쳤다.

딱히 진기를 싣지 않은 것 같은데 허공이 쩌렁쩌렁 울렸다.

남궁옥의 심오한 내공에 사람들은 움찔 놀랐다. 금적무의 표정이 착 가라앉았다.

남궁옥이 다시 말했다.

"금 대주, 저들을 풀어주면 내가 잡히겠소."

선루의 사람들이 또다시 술렁였다.

남궁옥이 이렇게 나올 줄 몰랐던 사람들은 크게 당황했다. 남궁옥은 비선의 적주다. 그를 잃으면 남창 비선은 와해된다.

"한 명과 오십 명을 바꾸자?"

금적무가 처음으로 입을 열었다.

"내 몸값이면 충분하리라고 보오만."

"내가 원하는 건 십병귀다. 놈을 내놓아라."

"나를 인질로 삼아 그를 불러내시오."

"귀하에겐 분명 양민 오십 명으로도 셈할 수 없는 가치가 있지. 하지만 지금 이 상황에선 계산이 맞지 않지. 당신을 살리기 위해 그가 제 발로 온다는 보장은 없으니까."

"그래서 당신과 얘기하는 것이오. 당신은 무인이니까."

"나는 무인이지 바보가 아니다. 세 치 혀로 나를 기만하려 들지 말라."

"애석하군. 당신과는 말이 통할 줄 알았는데……."

짐룡옥은 남궁옥을 한침이나 노려보았다.

남궁옥의 행동에서 무언가 석연치 않음을 느낀 것이다.

이윽고 잠룡옥의 입이 열렸다.

"시간을 끌고 있군. 왜지?"

"인질이 있으니까."

"내가 그 말을 믿을 것 같나?"

"너의 생각 따윈 관심없다. 지금 당장에라도 흑룡선으로 뛰어들어 네놈의 사지를 뽑아버리고 싶지만, 뼈를 깎는 심정으로 인내하는 건 오직 억울한 목숨들 때문이다. 그게 너희와 우리의 차이지. 너희와 너희가 말하는 십병귀의 차이이기도 하고."

"두고 보면 알겠지."

잠룡옥은 점장대에 있는 철갑귀마대의 일조장을 향해 고개를 끄덕였다. 양민들을 처형하라는 뜻이다. 하지만 일조장은 금적무만 바라보았다. 마치 금적무의 명령 없이는 한 발자국도 움직이지 않겠다는 듯.

금적무는 잠시 생각하더니 고개를 끄덕였다.

일조장은 고개를 돌려 양민들을 굽어보고 있던 거한을 향해 다시 고개를 끄덕였다. 금적무의 명령을 전달해 준 것이다.

거한의 사내는 흑룡선의 금적무를 향해 깊숙이 허리를 숙여 보였다. 육 척 장신에 어깨가 산악처럼 벌어진 그가 숙였던 허리를 펴는 순간, 손에는 어느새 시퍼런 날을 번뜩이는 대월도가 들려 있었다.

그가 돌아서서 말했다.

"열 명을 골라."

근처에 있던 철갑귀마대의 무사들이 양민 열 명을 무작위로 끌고 나온 다음 일렬로 무릎을 꿇게 했다. 끌려나온 양민들의 얼굴이 하얗게 질렸다. 아마도 저 괴물 같은 놈이 한 명씩 차례로 목을 칠 모양이었다.

선루의 사람들 역시 석상처럼 굳어졌다.

"적주!"

당소정이 다급하게 남궁옥을 불렀다.

더는 기다릴 수 없다. 지금이라도 점장대로 뛰어들어 양민들을 구해야 한다. 하지만 그건 불가능하다. 양민들이 있는 곳까지의 거리는 이십여 장, 거한이 양민들의 목을 치기 전에 도달하는 것은 고사하고, 뱃전에 뛰어내리는 순간 철갑귀마대가 벌떼처럼 달려들어 대월도를 휘둘러댈 것이다.

벌써부터 대월도를 뽑아 든 이백의 철갑귀마대가 민활하게 움직여 검진을 형성하고 있었다. 철갑귀마대에게 불패의 타격대라는 명성을 안겨준 무적의 절진, 수라멸진이 펼쳐지고 있는 것이다.

이쪽의 숫자는 겨우 사십여 명. 이백의 전투귀신들이 펼치는 수라멸진 속으로 뛰어드는 것은 섶을 지고 불 속에 뛰어드는 것과 같다. 비선은 전멸을 면치 못할 것이고, 양민들 또한 죽고 말리라.

이런 상황에선 엽무백이 와도 마찬가지다.

양민들이 있는 곳까지 가려면 반드시 철갑귀마대를 거쳐야 하는데, 그때까지 놈들이 양민들을 살려둘 리 없다. 놈들이 노리는 것도 그것이었다.

"발을 빼기엔 늦었어요. 어서 결단을……!"

당소정이 다시 한 번 착 가라앉은 음성으로 말했다.

남궁옥은 온몸의 피가 거꾸로 솟구치는 것 같았다.

하지만 신호를 주기 전까진 무슨 일이 있더라도 기다리라는 엽무백의 한마디를 떨칠 수가 없었다.

"기다린다."

"선배……!"

"모르겠어? 지금 우리가 뛰어들면 싸움의 결과와 상관없이 양민들은 어차피 모두 죽어. 엽무백 그라면 무슨 생각이 있을지 모르지. 난 그에게 마지막 승부를 걸겠다."

"……!"

당소정을 필두로 선루의 사람들 모두가 석상처럼 굳었다. 만약 엽무백이 나타나지 않으면? 나타난다고 하더라도 시기를 놓치면 모든 게 끝장이다. 어차피 피할 수 없는 싸움이라면 양민을 구하기 위해 노력이라도 해보는 게 무인의 길이 아닌가.

그때쯤 거한의 사내가 세 걸음을 옮겨 첫 번째 양민의 앞에 섰다. 두 팔을 등 뒤로 돌린 채로 포박을 당한 사내는 그리 크지 않은 체구에도 불구하고 온몸이 근육으로 똘똘 뭉쳐 있었다. 또한 담담한 표정으로 이 상황을 받아들였다.

대월도를 든 거한의 눈동자에 이채가 어렸다.

"겁을 먹지 않는군."

"정도무림의 생존자들을 몇이나 죽였지?"

"뭐?"

"난 마인들을 죽일 때마다 팔뚝에 칼집을 새겼지."

거한이 사내의 등을 사정없이 밟아 엎드리게 만들었다. 이어 칼끝으로 사내의 소매를 슬쩍 걷어 올렸다. 그 순간 드러나는 우람한 팔뚝엔 무수한 빗금이 흡사 빗살처럼 빽빽하게 새겨져 있었다. 그 수가 족히 백 개는 될 것 같았다.

거한의 눈동자에서 불똥이 튀었다.

"비선……!"

"후후후, 몇 놈 더 죽이고 가려 했는데 애석하군."

사내는 등을 밟힌 상태에서도 기개를 잃지 않았다.

"이런 미친……!"

거한의 대월노가 허공으로 솟구쳤다.

하지만 칼은 떨어지지 않았다.

손을 멈춘 거한의 입가에 비릿한 미소가 걸렸다. 그가 옆으로 걸음을 옮겼다. 옷이 갈가리 찢어진 사십 줄의 사내의 앞이었다. 어느 모로 보나 무인과는 거리가 멀었다. 사색이 된 사내가 연신 바닥에 이마를 찧으며 말했다.

"사, 살려주십시오. 저, 전 무인이 아닙니다. 단지 길에서 칼 한 자루를 주워 소장했을 뿐입니다."

얼마나 무서웠는지 사내는 바지에 오줌까지 지렸다.

"나를 죽여라!"

근육질의 사내가 머리를 들이밀었다.

하지만 소용없었다.

거한은 근육질 사내를 발로 뻥 차서 넘어뜨린 후 울부짖는 사내의 뒷덜미에 대월도를 한차례 대고 위치를 가늠했다. 그리고 대월도를 높이 치켜들었다. 노을이 반사된 도신이 붉게 번뜩였다.

그때였다.

쩌엉!

무언가 둔탁한 충격과 함께 흑룡선이 크게 흔들렸다.

쩡쩡쩡!

소리는 연달아 세 번을 더 울렸고 이후에는 달라졌다.

뚜두두… 터엉!

소리는 흑룡선의 아래에서 들렸다.

소리는 계속 이어졌고 정체를 알 수 없는 충격과 음향에 좌중이 한순간 찬물을 끼얹은 듯 고요해졌다. 그때 선실에서 수적 하나가 튀어나와 찢어져라 고함을 질렀다.

"배가 가라앉고 있습니다!"

第六章　무적자

"그게 무슨 개 같은 소리야!"

금부투왕이 고함을 질렀다.

"누군가 호수 아래에서 바닥의 널빤지를 죄다 뜯어내고 있
습니다."

하지만 그것도 한순간, 이번에는 선단을 이루고 있는 뒤쪽
의 배에서 동일한 충격과 음향이 울렸다. 사람들은 몰랐지만
법공이 물속에서 적들의 배 밑창을 부수고 다니고 있었다. 도
끼로 나무를 찍어 틈을 만들고, 그렇게 만든 틈에 손을 넣어
두꺼운 널빤지를 통째로 뜯어내 버리는 이 무식하고도 간단

한 수법에 수적들의 선단은 아수라장이 되었다.

"어서 양민을 처형해!"

잠룡옥이 대갈일성을 터뜨렸다.

거한의 대월도가 다시 허공으로 치솟았다.

그 순간.

촤아아아!

도열한 수적들의 선단 뒤쪽 호수로부터 물줄기가 십 장이나 솟구쳤다. 흡사 용이 튀어나온 듯한 형상의 꼭대기에 장창을 든 한 사람이 있었다.

엽무백이었다.

도약이 정점에 이르는 순간 엽무백은 체공 상태에서 장창을 힘차게 던졌다.

쒜애액!

대기를 찢으며 섬전과도 같은 속도로 날아간 장창은 양민의 목을 내려치려던 거한의 배를 관통한 후 바닥에 꽂혔다. 붉은 피가 사선으로 박힌 창간을 타고 주르륵 흘러내렸다.

그야말로 눈 깜짝할 사이에 벌어진 일.

구사일생으로 목숨을 건진 양민은 살아 있음의 안도를 느낄 사이도 없이 졸도해 버렸다. 점장대를 중심으로 저마다의 위치를 고수하고 있던 칠백여 명의 시람은 크게 동요했다.

엽무백은 투창과 동시에 흑룡선의 뱃머리로 떨어져 내렸

다. 정확하게 말하면 등뼈처럼 배를 관통하는 용골의 머리였다.

대경실색한 금적무가 대월도를 뽑아 들고 엽무백의 허리를 양단해 갔다. 하지만 그는 엽무백의 속도를 따라잡지 못했다. 착지의 순간, 천근추의 수법을 펼친 엽무백은 순식간에 용골을 박차며 다시 비상했다.

그 막강한 반탄력을 견디지 못한 범선의 선수가 아래로 처박혔다. 선미는 반대로 공중으로 솟구쳤다. 그 바람에 갑판에 대기하고 있던 금적무와 잠룡옥을 비롯해 수채의 채주들은 호수로 쏟아지지 않기 위해 난간을 붙잡고 안간힘을 써야 했다. 무공이 약한 대부분 수적들은 호수로 곤두박질쳤다.

범선의 크기가 얼마인데 통째로 뒤집힐 수 있나.

한순간 번쩍 들렸던 범선의 선미가 다시 굉음을 내며 수면 위로 떨어졌다.

콰앙!

엄청난 물보라와 함께 산더미 같은 파도가 몰아쳤다. 충격의 여파로 바닥이 반이나 뜯겨 나갔으며, 미친 파도가 떨어진 수적들을 집어삼켰다. 후방의 전선들이 태풍을 맞은 것처럼 요동쳤다. 흑룡선은 삽시간에 아수라장이 되어버렸다.

그사이 점장대의 한복판으로 날아가던 엽무백은 체공상태에서 투골저 열 자루를 한꺼번에 뿌렸다. 한순간, 허공에 빗금을 그은 듯한 그림자가 만들어졌다. 투골저는 철갑귀마대의 투구와 견갑 사이 틈새에 정확히 박혔다.

"아악!"

"으악!"

찢어지는 비명과 함께 양민들을 둘러싸고 있던 철갑귀마대의 무인 십여 명이 말 그대로 급살을 맞고 쓰러졌다. 갑옷 사이로 붉은 피가 펑펑 솟구쳤다.

그때쯤 엽무백은 인질들 곁으로 떨어져 내린 다음 거한의 배에서 장창을 뽑아 장내를 쓸어보고 있었다. 일렬로 늘어서 있던 양민들이 본능적으로 엽무백의 주위에 몰려들었다.

엽무백은 한 손으로 장창을 쥐고 당황해 어쩔 줄 모르는 철갑귀마대의 고수들을 향해 쭉 뻗었다. 그 상태에서 동서남북을 쓸었다.

창끝이 자신들을 향할 때마다 철갑귀마대의 무사들은 정체를 알 수 없는 한기가 몸을 관통하는 듯한 충격과 함께 오싹한 소름이 돋았다.

어느 순간 엽무백의 창끝이 우뚝 멈췄다.

천근추의 여파로 아직도 출렁이고 있는, 그러면서도 천천히 가라앉는 중인 흑룡선을 향해서였다. 그곳 뱃머리에 잠룡옥과 금적무, 금부투왕, 독소마녀 등이 하얗게 질린 얼굴로 엽무백을 응시하고 있었다.

"맹세컨대, 너희는 오늘 나를 이곳으로 불러낸 걸 피를 토하는 심정으로 후회하게 될 것이다."

엽무백이 착 가라앉은 음성으로 말했다.

탁자를 마주하고 앉은 사람과 한담을 나누듯 작은 소리였지만 철갑귀마대 이백은 물론 흑룡선과 선단에 나눠 타고 있던 모든 수적들의 귀에도 송곳처럼 날카롭게 들어와 박혔다. 흡사 인간의 생명을 주재하는 신의 위용과도 같은 압박감에 사람들은 전율을 느꼈다.

"뭣들 하는 거야! 저 새끼 죽여!"

잠룡옥이 외쳤다.

좀처럼 감정을 드러내지 않던 그가 평정심을 잃을 정도로 흥분한 것이다. 하지만 철갑귀마대는 움직이지 않았다. 이번에도 그들에게 명령을 내릴 수 있는 사람은 오직 한 명밖에 없다는 듯 모두 금적무의 입만 바라보았다.

금적무는 굳게 다문 입술로 엽무백을 한참이나 응시했다. 그리고 잠시 후, 미세하게 고개를 끄덕였다. 공격 신호가 떨어진 것이다.

그 순간 좌방에서 철갑귀마대의 무사 하나가 엽무백을 향해 맹렬한 속도로 달려왔다. 대여섯 장 거리를 남겨두고 허공으로 번쩍 뛰어오른 그의 머리 위로 큼지막한 대월도가 곧추섰다.

체공 후 낙하와 함께 상대를 일도양단으로 가르려는 이 수법의 이름은 낙월단산(落月斷山), 산이라도 쪼갤 듯한 무시무시한 거력이 엽무백의 머리 위로 떨어져 내렸다.

이건 희생 작전이었다.

한 명을 제물로 삼아 공중전을 감행하게 하면 엽무백은 자연히 머리 위를 상대할 수밖에 없다. 가슴으로부터 시작해 하체가 텅 비어버리는 것이다. 그 틈을 타 사방에서 대월도가 벌떼 같이 날아들어 온몸을 난도질하리라. 진정한 싸움은 그때부터 시작이었다.

하지만 상황은 철갑귀마대가 원하는 대로 전개되지 않았다. 엽무백은 두 걸음을 물러나는 간단한 동작으로 대월도를 흘려보내는 한편, 장창을 힘차게 뻗었다.

푸욱!

"커억!"

가슴을 정통으로 뚫린 철갑귀마대의 무사가 검붉은 피를 왈칵 토해냈다. 변화는 그때부터 시작되었다. 직창의 순간 창날을 살짝 비틀어 갈비뼈 사이에 박아 넣은 엽무백은 창간을 양손으로 나눠 쥐었다. 순간, 적의 배에 꽂힌 상태에서 창간이 맹렬한 속도로 회전하기 시작했다.

기이이잉, 철컥!

눈 깜짝할 사이에 창두가 떨어져 나가고, 팔 척에 달하는 창간은 두 자루 곤으로 변신해 버렸다. 엽무백은 두 자루 곤을 좌우에서 달려오는 적들을 향해 쭉 뻗었다. 뻔쩍이는 섬광과 함께 곤으로부터 이번엔 두 자루 검이 튀어나와 달려오는 적들의 배를 순차적으로 꿰뚫었다.

"커헉!"

"허억!"

일검에 세 명씩, 도합 여섯 명이 단 일수에 꿰뚫려 버렸다. 한철을 두들겨 만든 철갑도, 수십 년을 수련한 무공도 무용지물이었다. 여섯 명의 배를 관통해 버린 두 자루 검은 마지막 무사의 등을 뚫고 나와 그 너머에서 우르르 달려오던 자들을 향했다.

상상도 못했던 전개에 대경실색한 철갑귀마대의 후발대가 미처 대월도를 휘두를 틈도 없이 그 자리에 우뚝 멈췄다. 그 순간 두 자루 검 역시 적들의 코앞에 우뚝 멈췄다.

곤과 검 사이의 거리는 육 장, 검은 마치 곤의 일부인 듯 허공에 둥둥 뜬 채로 철갑귀마대를 노려보았다. 제물의 뒤를 이어 돌격을 감행하려던 이백여의 철갑귀마대 무사들, 흑룡선과 선단에 나눠 타고 있던 오백여 사람들의 얼굴은 하얗게 탈색되어 버렸다.

"살 생각도, 살려달라 애원할 생각도 말라!"

엽무백의 두 눈에서 시뻘건 섬광이 뿜어져 나왔다.

곤과 무형의 강기로 연결된 두 자루 검이 성난 괴수의 송곳니처럼 밀집한 철갑귀마대를 물어뜯기 시작했다. 섬전과도 같은 속도와 무지막지한 힘으로 공간을 난도질하는 두 자루 검 앞에서는 그 어떤 초식도, 압도적인 숫자도 무용지물이었다.

"으악!"

"아악!"

"커헉!"

오직 죽이기로 작심한 엽무백의 검에 자비란 없었다.

두 자루 철곤이 향하는 방향을 따라 두 자루 검이 날아다녔다. 하지만 검이 그리는 궤적의 크기는 곤에 비할 바가 아니었다. 한철을 두들겨 만든 철갑도, 교목을 두 동강 낸다는 대월도도 소용없었다. 두 자루 검이 작렬하는 궤적에 걸리는 족족 찢기고 터져 나갔다.

검역을 뚫고 들어온 자들은 철곤에 맞아 머리통이 터져 나갔다. 그 순간 사람들은 또 다른 경지의 무학을 보았다. 삼 장 밖 허공을 날아다니는 두 자루 검은 곤의 연장선일 뿐만 아니라, 그 자체로 생명을 가진 객체였다. 곤과 검이 제각각의 초식과 궤적을 그리며 적들을 찢어발겼던 것이다.

네 자루의 병기가 톱니바퀴처럼 정교하게 맞물려 나아가고 물러나고, 막고 베는 이 기묘한 조합은 완벽한 하나의 검진이었다. 그것은 마치 한날한시에 태어나 영적으로 교감하는 네 명의 초절정고수의 연수합격과도 같았다.

피가 낭자하게 터지고 육편이 비산했다.

찢어지는 비명과 죽어가는 자의 절규와 인체의 일부가 잘리고 썰리는 살음이 천지에 진동했다. 검이 날아다니는 방원 십여 장은 순식간에 절대 사지로 변해 버렸다. 사람들은 이리의 무리에 뛰어든 한 마리 괴수가 펼치는 지옥도를 보았다.

그사이 인질들과 함께 잡혀 있던 근육질의 사내는 다른 사람들의 도움으로 포박을 끊었다. 그는 외선을 책임지는 부적주 팽도굉이었다.

포박에서 풀려난 팽도굉은 후방에서 대월도를 찔러오는 놈의 측면으로 파고들었다. 동시에 놈을 번쩍 들어 머리통을 바닥에 처박고는 귀신같은 금나수를 펼쳐 대월도를 빼앗았다. 대월도가 번쩍하는 순간 철갑귀마대의 목이 떨어졌다.

팽도굉은 이어 양민들의 손목에 묶인 포박을 풀어주었다. 그들 중 일부가 또 다른 대월도를 주워 들고는 싸움에 가세했다. 팽도굉과 함께 잡혀온 외선들이었다.

엽무백이 혼전 중에도 팽도굉을 향해 명령을 내렸다.

"인질들을 지켜!"

"반갑소. 난 팽도굉이오."

"엽무백."

"만나뵙게 되어 영광이오."

짧은 인사를 끝낸 팽도굉 일행이 양민들을 가운데 놓고 후방을 점했다. 외선들의 무공은 결코 약하지 않았다. 특히 팽도굉의 실력은 대단했다. 짧은 키에도 불구하고 그는 막강한 근력과 불굴의 근성을 발휘, 후방에서 몰려드는 철갑귀마대를 닥치는 대로 베어 넘어뜨렸다. 한철을 두들겨 만든 철갑이 쩍쩍 갈라지며 피분수를 뿌려댔다.

후방으로부터 자유로워진 엽무백은 더욱 맹위를 떨쳤다. 철곤이 사방으로 휘둘러질 때마다 두 자루 검이 허공을 비행하며 적들을 도륙했다.

수라멸진은 적을 바깥에 두고 포위를 하며 공격해 가다가 결국엔 진 속에 가두고 마지막 숨통을 끊는 것이 요체다. 상대를 진 속에 가둘 때는 반드시 철갑귀마대가 주도를 해야만 싸움의 승기 역시 주도할 수 있었다.

하지만 지금의 상황은 오히려 그 반대였다.

엽무백이 진의 한가운데로 뛰어드는 바람에 안으로부터 촉발된 싸움은 수라멸진을 파괴해 버린 지 오래고, 일당백의 전투괴수들이라는 철갑귀마대의 전사들은 추풍낙엽처럼 쓰러져 갔다. 그야말로 일기당천, 압도적인 무력이었다.

*   *   *

"어검술(馭劍術)!"

남궁옥의 입술을 비집고 나직한 신음이 흘러나왔다.

좀처럼 평정심을 잃지 않는 그였지만 오늘 이 순간만큼은 흥분하지 않을 수 없었다.

지난날 정마대전을 시작으로 오늘에 이르기까지 수없이 많은 기인이사들의 싸움과 전투를 경험한 그였지만 오늘과도 같은 싸움은 맹세코 처음이었다. 두 자루의 검이 곤장의 연장인 듯 함께 움직이다니, 그것도 제각각의 초식을 펼치면서.

이 순간, 엽무백은 더 이상 그들이 알던 사람일 수 없었다. 사냥감에서 사냥을 하는 괴수로 돌변해 버린 엽무백의 무시무시한 전투력에 파죽지세로 무너지는 이백여의 철갑귀마대를 보는 순간 그는 온몸에서 말할 수 없이 뜨거운 열기가 끓어오르는 것을 느꼈다.

그건 당소정, 장기룡, 위상문, 구일청, 송백겸 등도 마찬가지였다. 그들은 몸 안에 가득 차 있던 무언가가 쑥 빠져나가면서 동시에 가슴 깊은 곳으로부터 정체를 알 수 없는 또 다른 무언가가 부글부글 끓어오르는 것 같았다.

그건 기백이었다.

십 년을 숨죽여 지내는 동안 자신도 모르는 사이에 젖어버린 패배의식이 사라지고, 잊고 있었던 그 옛날의 호승심이 다시 치솟기 시작한 것이었다.

'그라면… 정말 세상을 바꿀 수 있을지 모른다!'

모두의 머릿속에 똑같이 든 생각이었다.

그때쯤 배는 뭍에 닿고 있었다.

남궁옥의 일갈이 터진 것도 동시였다.

"마교를 멸(滅)하라!"

선루에 타고 있던 사십여 명의 결사대가 점장대를 향해 획획 날아갔다. 점장대의 남쪽 뭍을 점하고 있던 철갑귀마대의 무사 십여 명이 돌격창을 고슴도치처럼 세웠다. 적이 상륙작전을 감행할 경우를 대비해 일부에게 돌격창을 지급했던 것이다. 그 순간, 그들의 가운데로 정체를 알 수 없는 물건이 날아들어 연달아 터졌다.

펑! 펑! 펑!

점장대의 남쪽 수변이 순식간에 희뿌연 연기로 뒤덮였다. 연기는 호수의 돌풍에 쓸려 순식간에 사라졌지만 그 여파는 컸다. 철갑귀마대는 눈과 코가 따끔해지는 것을 느꼈다.

"독(毒)!"

"호흡을 멈춰!"

누군가 찢어지게 외쳤다.

독은 이미 바람에 쓸려 사라져 버렸거늘, 이제 와서 호흡을 멈춘들 무슨 소용 있을 것인가. 진의 바깥에서부터 눈알을 까

뒤집으며 급살을 맞은 것처럼 쓰러지는 자가 속출했다.

"크억!"

"흐억!"

허공을 향해 사선으로 빽빽하게 서 있던 창날들이 눈 깜짝할 사이에 태풍을 맞은 갈대처럼 누워 버렸다. 쓰러진 자들의 입에서는 게거품이 부글부글 끓어올랐다.

그들 사이로 당소정과 그 일행이 유유히 떨어져 내렸다. 당문의 단혼사(斷魂沙)는 호흡을 멈추는 정도로 감당할 수 있는 독이 아니었다.

만드는 방법은 이렇다.

고대의 동굴에서 이따금 발견되는 천년오공(千年蜈蚣)을 잡아다 커다란 항아리 속에 넣어두면 대노한 천년오공이 짙은 숨을 토해낸다. 한지로 천년오공의 머리를 싸 그 숨결을 모은 다음 물에 불리고, 다시 그 물을 증발시켜 하얗게 남은 가루가 바로 단혼사다.

극미량으로도 코끼리를 쓰러뜨릴 수 있으며, 찻숟가락 하나의 양을 우물에 떨어뜨리면 한 마을을 몰살시킬 수도 있는 맹독 중의 맹독이다.

살상력이 너무나 강해 황하에서 불어오는 황사를 모아 일 대 오십의 비율로 섞어 쓰는데, 당소정이 터뜨린 것은 그중 세 개였다. 하나의 값어치가 장원 하나와 맞먹을 정도이니 당소정이 이번 싸움을 어떻게 생각하는지 여실히 알 수 있었다.

당소정의 활약으로 점장대의 남쪽 수변이 초토화되어 버렸다. 다음에는 남궁옥과 사내들의 몫이었다.

"길을 열어라!"

남궁옥의 명령이 다시 터졌다.

남궁옥을 필두로 비룡문의 위상문, 불이검문의 구일청, 성하장의 송백겸, 백선곡의 장기룡이 점장대를 반으로 쪼개며 돌진하기 시작했다.

지금 이 순간 그들은 개개인이면서 동시에 사문의 명예를 짊어진 젊은 고수들이었다. 숨죽여 살았던 날들에 대한 회한과 분노와 사형제들을 죽인 자들에 대한 복수심이 하나로 뭉쳤다. 그들은 십 년 동안 억눌렀던 분노를 한꺼번에 터뜨리기 시작했다.

그들에겐 그만한 힘이 있었다.

정마대전이 발발할 당시 그들은 적게는 십오륙 세에서 많게는 이십 세에 불과했던 후기지수들이었다. 사문의 무공을 대성하기도 전에 전쟁터로 나가야만 했던 불운의 세대였던 것이다.

그 후 사문의 무공에 통달한 노강호들이 죽고 그들만 살아 남아 가까스로 무맥을 이어갔다. 비급을 수천 번 탐독하는 것보다 노강호의 조언 한마디가 더 절대적인 것이 무공이다. 그런 이유로 이들의 무학은 사문의 무맥을 이었다고는 하나 그 옛날 사문의 존장들에 비해 한참 모자란 것이 사실이었다.

하지만 이런 상황이 꼭 나쁜 방향으로만 흐른 것은 아니었다. 어린 나이에 전쟁에 동원되면서 사문의 노고수들을 잃었지만 반대급부로 본산에서는 절대 경험할 수 없는 실전을 진저리나도록 치렀다.

때문에 살아남은 후기지수들의 무공은 사납고 날카로워졌다. 예를 중시하고 상대를 배려하던 정도문파의 무학들이 살아남기 위해 오직 상대를 죽이는 살검(殺劍)이 되어버린 것이다.

남궁옥이 특히 그랬다.

남궁세가의 제왕검(帝王劍)은 벽력의 무학이다.

일검을 내리그을 때마다 검뢰가 떨어져 전방을 쓸었다.

꾸르르릉, 꽝꽝!

한 줌의 자비도 없는 막강한 폭압 앞에 적들의 육체가 야수의 발톱에 맞은 것처럼 무참히 찢겨 나갔다. 남궁옥이 적의 예봉을 꺾으면 위상문, 구일청, 송백겸, 장기룡 등이 측면을 치고 나가며 길을 넓혔다.

그렇게 만들어진 길을 따라 몽중연에서부터 온 이십 명의 고수와 선루에서 기다리던 외선의 고수 이십이 질풍처럼 내달렸다. 이제 형체만 남은 수라멸진이 썰물처럼 갈라졌다.

　　　　*　　　　*　　　　*

　"점장대로 가라!"

　흑룡선에 있던 금적무는 뱃머리를 힘차게 박차며 점장대를 향해 날아갔다. 독소마녀, 금부투왕 등이 날랜 수하들을 이끌고 뒤를 이었다. 십여 척의 선단에 나눠 타고 있던 오백의 수적들도 난파하는 배에서 앞다투어 뛰어내려 점장대를 향해 헤엄쳐 갔다.

　어쩔 수 없었다.

　배는 이미 절반 이상 가라앉았고, 육지까지 헤엄쳐 가기에는 너무 멀다. 무엇보다 이곳 구강 수역은 물살의 흐름이 빠르고 복잡해서 배를 타지 않고는 지나다닐 수 없는 곳이다.

　바로 그 이유 때문에 엽무백 일당을 이곳으로 유인하지 않았던가. 하지만 지금 이 순간 그 작전이 오히려 그들을 사지로 몰아넣고 있었다. 적을 잡기 위해 판 덫에 스스로 걸린 꼴이었다.

　그들은 살기 위해서라도 점장대로 헤엄쳐 갈 수밖에 없었다. 그건 그야말로 살고 싶다는 욕구에 의한 본능적인 행동이었고, 그 외의 다른 것은 생각할 겨를도 정신도 없었다. 하지만 그게 저 스스로 무덤을 찾아가는 길이 될 줄은 아무도 몰랐다.

*　　　　*　　　　*

만약을 대비해 남궁옥이 남겨둔 선루의 사공들은 적들이
뱃전으로 올라오는 걸 방지하기 위해 배를 멀찌감치 뒤로 뺐
다.

조원원과 진자강은 선루의 허리에 매달고 온 비조선을 타
고 가라앉는 배들 사이를 종횡무진 달리며 한 사람을 찾고 있
었다. 그때 물에 빠져 허우적거리던 수적 하나가 맹렬한 속도
로 헤엄쳐 왔다.

"어딜!"

진자강이 기다란 대나무 장대를 들어 수면을 후려쳤다.

철썩!

정수리를 정통으로 맞은 수적이 꼬르륵 소리를 내며 물속
으로 가라앉았다.

"헛! 주, 죽는 거 아냐?"

진자강의 얼굴이 핼쑥해졌다.

"죽으라고 때린 거 아냐?"

조원원이 물었다.

"저, 전 사람을 죽여본 적 없어요."

조원원의 눈동자가 착 가라앉았다.

첫사랑, 첫 살인은 궤가 다르지만 평생 기억 속에 남아 그 사람의 삶을 좌우하는 괴물이다. 어떤 이들은 좌절하고, 어떤 이들은 실패를 자양분 삼아 성장하기도 한다. 하지만 대부분의 사람들은 그저 참고 견딘다.

조원원은 열두 살 때 처음 살인을 했다.

그땐 전쟁 중이었고, 선택의 여지가 없었다. 상대를 죽이지 않으면 자신이 죽었을 테니까. 전쟁이란 괴물은 여자와 아이를 가리지 않으니까.

가까스로 도망쳐 산속 동굴 속에 숨었을 때 열탕과 냉탕을 오가며 사흘 밤낮을 앓았다. 그러고도 검신을 통해 전해져 오는 죽어가던 자의 경련과 피와 온기, 그리고 눈빛을 오랫동안 잊지 못했다.

진자강도 똑같은 과정을 겪어야 하리라.

하지만 누나로서, 무림의 선배로서 한마디쯤 위로를 해주고 싶었다.

"시간이 지나면 모든 게 희미해……."

"이얍!"

진자강이 괴성을 지르며 또다시 장대를 휘둘렀다.

철썩!

이번엔 좌방에서 헤엄쳐 오던 수적 하나가 뒤통수를 정통으로 맞고 까무러쳤다. 머리통이 터졌는지 핏물이 낭자하게 번지며 역시나 물속으로 가라앉기 시작했다.

"어후, 씨발, 또 죽었네!"

조원원은 진자강을 물끄러미 바라보았다.

진자강은 어리지만 점잖다. 저런 상스런 말은 녀석과 어울리지 않는다. 그건 자신의 말이었다. 당황한 탓이다. 두려운 마음에 녀석이 아는 가장 심한 욕설이 저 깊은 내면에 숨어 있다가 부지불식간에 툭 튀어나온 것이다.

진자강은 자기 자신과 싸우고 있었다.

"왜요?"

진자강이 물었다.

장대를 쥔 손이 바들바들 떨리고 있었다.

생애 첫 살인을 한 손, 그 손만큼은 표정으로도 숨길 수 없었던 모양이다.

"오 년이다. 오 년 후에도 내가 애인이 없고, 그때까지도 네가 날 좋아한다면 사귀어줄게."

진자강은 한순간 얼굴이 벌게졌다.

조원원이 잠룡옥을 향해 '네가 잠룡옥이면 나는 천하제일화 모란검이다'라고 했을 때 진자강은 그 별호가 정말 잘 어울린다고 생각했다. 진자강의 눈에 비친 조원원은 세상에서 가장 예쁜 여자다. 조원원은 진자강의 첫사랑이었다.

"앗. 저 개자식!"

조원원이 갑자기 흑룡선 위에 있는 한 사람을 찌를 듯이 가리켰다. 백의장삼을 입은 한 사람의 등이 흑룡선의 난간 너머로 보였다 안 보였다를 반복했다. 잠룡옥이 틀림없었다.

'아, 말만 좀 예쁘게 했으면.'

진자강은 고개를 절레절레 흔들었다.

"여기서 꼼짝 말고 기다려!"

말이 끝나기 무섭게 조원원은 물속으로 풍덩 뛰어들었다. 잠시 후 그녀는 아수라장이 된 수면을 지나 반쯤 가라앉은 흑룡선의 선미 아래에서 고개를 내밀었다. 그러곤 익숙한 솜씨로 선체를 기어오르기 시작했다.

조원원이 갑판 위로 슬그머니 고개를 내밀었을 때는 잠룡옥이 널빤지를 뜯어 뗏목을 엮고 있었다. 모두가 점장대로 뛰어드는 와중에도 가라앉는 흑룡선에 남아 있더라니, 전세가 불리하자 혼자서 살길을 도모할 생각이었던 모양이다.

'비겁한 새끼.'

조원원은 난간을 힘껏 잡아당겨 상체를 끌어올리는 한편, 발끝으로 난간을 다시 한 번 박차고 날았다. 십여 장의 거리가 단숨에 좁혀졌다.

파공성을 들은 잠룡옥이 상체를 벼락처럼 일으켰다. 동시에 섭선을 휘둘러 코앞까지 날아온 연검을 튕겨냈다.

따앙!

맑은 쇳소리와 함께 연검의 검신이 활처럼 구부러졌다.

부챗살이 강철로 만들어진 모양이었다. 조원원은 충격의 여파로 요동치는 검파를 쭉 당겨 진정시켰다. 이어 포란격석(抱卵挌石)의 수법을 발휘, 눈 깜짝할 사이에 전권에서 몸을 빼려는 잠룡옥의 등 뒤로 돌아가 버렸다.

해월루의 검공은 두 뼘짜리 섭선에도 튕겨 나갈 만큼 보잘것없지만 경신 공부만큼은 자타가 공인하는 바 천하제일이다. 그 고절한 수법은 부족한 검공을 충분히 보완하고도 남음이 있었다.

놀란 잠룡옥은 무림인들이 말하는 곡정(曲釘), 이른바 팔꿈치로 조원원의 인중을 가격해 갔다. 미처 돌아설 틈도 없는 상황에서 임기응변으로 펼친 일수였다.

효과는 만점이었다.

팔꿈치는 무릎과 함께 인체가 가진 최강의 타격병기, 범상치 않은 위력이 실린 팔꿈치가 얼굴을 향해 날아들자 조원원은 머리끝이 쭈뼛 서는 것 같았다. 철판교의 수법을 펼쳐 상체를 벼락처럼 꺾은 것은 그야말로 본능의 발로였다.

훅!

묵직한 팔꿈치가 눈앞으로 쑥 들어왔다가 사라졌다. 출렁이는 공기가 예사롭지 않았다. 적지 않은 내공이 실린 일수였다.

그게 끝이 아니었다. 상체를 비틀며 바깥으로 크게 휘두르는 섭선의 살 끝에 어느새 날카로운 칼날이 튀어나와 있었다. 저 수법에 걸리면 목이 절단 나리라.

'샌님 따위가 제법!'

왠지 모르게 부아가 치민 조원원은 무슨 일이 있더라도 눈앞의 이 기생오라비 자식을 쳐 죽여야겠다고 생각했다. 그리고 이어지는 움직임은 결코 본능적인 것일 수 없었다.

조원원은 상체를 뒤로 꺾는 차원을 넘어 아예 뒤로 넘어져 버렸다. 몸이 일시적으로 체공 상태에 이르는 순간 몸을 빠르게 비틀었다. 동시에 전정교(剪定鉸)의 수법을 발휘해 잠룡옥의 두 다리를 가위처럼 걸었다.

경신공은 필히 각법을 동반하게 마련이고, 그런 면에서 천하제일의 경신공 유성하를 익힌 조원원의 각법은 검공에 비할 수 없을 만큼 고명했다.

"헛!"

짧은 단말마와 함께 잠룡옥의 몸이 허공으로 붕 떴다가 떨어졌다. 동시에 몸을 벼룩처럼 뒤집어 재빨리 반격을 시도했다. 하지만 조원원이 반 호흡 빨랐다.

채앵!

종잇장처럼 얇은 연검이 잠룡옥의 턱밑에서 파르르 떨었
다. 잠룡옥은 그대로 석상이 되어버렸다.

조원원은 잠룡옥을 처음으로 가까이에서 볼 수 있었다. 가
느다란 눈썹과 콧날, 여자보다 더 매끄러운 피부가 왠지 모르
게 못생긴 남자보다 더 혐오스러웠다.

"자동으로 주먹을 부르는 얼굴이로군."

빡!

조원원이 잠룡옥의 턱주가리를 사정없이 날려 버렸다.

느닷없이 일격을 맞은 잠룡옥은 옆으로 데구루루 굴렀다.
연검은 뱀처럼 따라붙으며 잠룡옥의 턱밑에서 떨어지질 않았
다. 잠룡옥이 입술에 흐르는 피를 훔치고는 눈을 치떴다.

"눈 깔아!"

빡!

또다시 주먹이 날아갔다.

잠룡옥의 고개가 팩 돌아갔다가 뒤늦게 제자리를 찾았다.
바닥엔 그가 뿌려놓은 피가 호선을 그리고 있었다.

"어디, 아까 했던 말 다시 한 번 지껄여 보시지?"

"원하는 게 뭐냐?"

"대가리 박아."

이 무슨 밑도 끝도 없는 말인가.

신교의 비밀을 발설하라는 것도, 동원된 고수의 면면을 말

하라는 것도 아니고 대가리를 박으라니.

"못하겠다면."

"죽도록 처맞는 거지."

빡! 빡! 빡! 빡!

잠룡옥의 잘생긴 얼굴에 폭풍 같은 주먹질이 난사되었다. 조원원은 데굴데굴 구르는 잠룡옥을 끝까지 따라가며 주먹으로 턱주가리를 날리고, 발로 뒤통수를 까고, 칼등으로 콧등을 찍었다.

주로 얼굴이었다.

눈 깜짝할 사이에 잠룡옥의 얼굴은 피범벅이 되었다.

하지만 그는 지독했다. 그렇게 얻어맞는 와중에도 손은 어느새 품속으로 들어가 있었다. 비수를 꺼내려는 것이다. 하지만 이번에도 연검이 더 빨랐다.

후웅!

잠룡옥의 턱밑에서 칼끝이 다시 울었다.

"그러다 목에 구멍 나는 수가 있다."

"원하는 게 있을 거 아니냐!"

"일단 손부터 빼. 천천히."

잠룡옥이 시키는 대로 천천히 손을 뽑았다.

꼭 쥔 주먹엔 시퍼런 예광을 뿌리는 비도가 들려 있었다. 그가 비도를 앞으로 내밀었다.

"버려."

잠룡옥이 비도를 떨어뜨렸다.

그의 입술이 미세하게 달싹거렸다. 그 순간, 바닥에 떨어진 비도가 갑자기 푸르스름한 빛깔을 띤 청사(靑蛇)로 변해 조원원의 발가락을 깨물었다.

"악!"

놀란 조원원이 발을 들어 발작적으로 흔들어댔다.

잠룡옥은 몰랐겠지만 조원원은 뱀이라면 질색을 했다. 뱀은 조원원이 발을 흔드는 방향을 따라 이리저리 휘둘리다 가까스로 떨어졌다. 당혜(唐鞋)의 끄트머리가 허연 수증기를 뿜으며 녹아 들어갔다

'독!'

만약 발가락이 물렸다면……!

조원원은 무얼 어떻게 해볼 사이도 없이 왼발을 앞으로 쭉 뻗었다. 발목까지 올라오는 당혜가 확 벗겨지더니 포물선을 그리며 끝도 없이 날아갔다. 재빨리 발가락을 꼼지락거려 보니 제대로 움직였다. 천만다행으로 당혜의 코만 물린 모양이었다.

그사이 잠룡옥은 경공을 펼쳐 저만치 보이는, 아직 가라앉지 않은 수적들의 뱃전을 징검다리처럼 밟으며 도망가고 없었다.

"맷돌에 대갈통을 갈아버릴 새끼!"

조원원이 난간을 박차며 허공을 날았다.

상체를 앞으로 던지고, 하체가 그 뒤를 따라 흡사 대포알처럼 날아가는 이 공부의 이름은 유성하. 엽무백에게 조언을 받아 남몰래 연습해 온 해월루의 진신절학을 이제야말로 발휘하려는 순간이었다.

한데 그 순간, 잠룡옥이 박차고 오르던 배 너머의 수면으로부터 느닷없이 장대 한 자루가 곧추섰다.

딱!

장대에 얼굴과 가슴을 정통으로 부딪힌 잠룡옥은 한순간 중심을 잃고 호수에 풍덩 빠졌다. 허우적대는 그의 머리 위로 장대가 폭풍처럼 난사되었다.

철썩! 철썩! 철썩! 철썩!

올라오면 때리고, 올라오면 때리고…….

장대의 끄트머리는 열세 살 소년 진자강이 쥐고 있었다.

第七章 전멸하다

철썩!

배 밑창을 모두 뜯어낸 후 물귀신처럼 수면으로 솟아오르던 법공은 뭔가에 뒤통수를 얻어맞고 획 뒤돌아섰다. 웬 꼬질꼬질한 신발짝 하나가 코앞에서 둥둥 떠다니고 있었다.

"이건 뭐야?"

별 희한한 일도 다 있다고 생각하며 법공은 일단 당혜를 건져 품속에 갈무리한 다음 점장대를 향해 빠른 속도로 헤엄쳐 갔다.

오백여 명의 수적 떼와 철갑귀마대가 하나로 뒤섞인 점장대는 아수라장이 따로 없었다. 좁은 공간에 많은 사람들이 한꺼번에 몰려 있자니 함부로 칼을 휘두를 수도 없고, 그렇다고 뛰쳐나가 적을 상대하기도 벅찼다.

그런 상황에서 엽무백이라는 미친 살인귀는 적진을 종횡무진 휘젓고 다니며 수적 떼와 철갑귀마대를 닥치는 대로 도륙하고 있었다. 한마디로 점장대는 아귀 지옥도를 방불케 했다.

바로 그 순간에 법공은 점장대 위로 올라섰다.

죽어 마땅한 인간들이 바글바글한 점장대를 보면서 법공은 온몸의 피가 끓어오르는 것을 느꼈다. 양팔을 활짝 벌려 숨을 한 번 크게 들이쉰 법공은 돌연 적들을 향해 천둥 같은 대갈일성을 내질렀다.

"전쟁이다!"

법공은 두 자루 대부를 휘두르며 적진 속으로 뛰어들었다.

퍼퍼퍽!

난상으로 휘두르는 대부에 점장대 가장자리에 서 있던 수적 대여섯 명의 등이 쪼개졌다. 뒤늦게 후방에서 적이 나타났음을 알아차린 수적들이 우왕좌왕 돌아서며 칼을 꼬나 쥐었다.

하지만 수석들은 흠칫 놀랄 수밖에 없었다.

물이 주르륵 흘러내리는 옷자락 위로 드러나는 강건한 육

체, 육 척 장신에 거대한 이무기가 똘똘 감겨 있는 듯한 근육,
그리고 질풍처럼 난사되는 두 자루의 대부를 보는 순간 수적
들은 그가 배 밑창을 뜯어낸 정체불명의 괴물이라는 걸 알아
차렸다.

수적들은 법공을 오늘 처음 보았다.

하지만 우귀사신을 연상케 하는 법공의 흉악한 얼굴은 나
름 한 인상한다고 자부하는 수적들의 눈에도 가공한 것이었
다. 두 자루 도끼가 만들어내는 위력은 생긴 것보다 훨씬 경
악스러웠다.

느닷없이 물속에서 올라와 수적이고 철갑귀마대고 걸리는
족족 머리통을 쪼개 버리는 법공의 신력에 적들은 오금을 저
렸다.

세상에는 압도적인 숫자로도 감히 어떻게 해볼 수 없는 고
수들이 있다. 그 옛날 구대문파의 문주들이 그랬고, 마교주가
그랬고, 팔마궁의 궁주들이 그랬다. 그리고 지금은 엽무백과
법공 두 사람이 그랬다.

수적들은 추풍낙엽처럼 쓰러져 갔다.

*　　　*　　　*

엽무백은 손속에 사정을 두지 않았다.

적들은 자신을 죽이기 위해 무고한 양민 열 명을 죽인 것으로도 모자라 오십여 명을 인질로 잡으면서까지 사방 퇴로가 없는 점장대에 함정을 팠다. 잠룡옥과 금적무는 그 자신들이 이길 것을 철석같이 믿었겠지만, 동시에 결사항전을 각오하지 않았다면 거짓말일 것이다.

어느 한 쪽이 몰살을 당하기 전에는 피차가 끝나지 않을 싸움, 엽무백은 이참에 철갑귀마대를 확실하게 몰살할 생각이었다.

지금까지 도주만 했던 것은 첫 번째 병기를 모두 얻지 못했고, 두 번째, 체력을 낭비하고 싶지 않았으며, 세 번째 철갑귀마대를 없앤다고 모든 게 끝나는 게 아니기 때문이었다.

하지만 이제는 달랐다.

병기를 잡은 손엔 막강한 진기가 흘러들어 갔다. 그 진기가 실린 네 자루의 곤과 검이 톱니바퀴처럼 맞물리며 방원 십여 장을 폭풍처럼 난도질했다.

철갑귀마대의 무사들과 겁없이 뛰어든 수적들은 궤적에 걸리는 족족 죽어나갔다. 그건 일방적인 도륙이고 학살이었다.

전방에서 달려드는 다섯의 가슴을 난자하는 것을 마지막으로 엽무백은 마침내 금적무와 마주하고 섰다. 애병 귀환도에 피를 잔뜩 묻힌 것으로 보아 금적무 역시 적지 않은 사람을 베어 넘긴 것이 분명했다.

그에게 죽은 것은 당연하게도 비선의 고수들이었다.

"흐흐, 마침내 만났구나……!"

금적무는 괴소를 흘렸다.

긴장한 탓이다,

엽무백의 신위는 중원무림을 공포로 몰아넣은 철갑귀마대 주인 그조차도 소름 끼치는 것이었다. 어쩌면, 아니, 십중팔구 자신의 목숨을 앗아갈 일생일대의 대적을 만났는데 어찌 아무렇지도 않을 것인가. 금적무는 온몸의 솜털이 곤두서는 긴장감을 느꼈다.

그런 긴장감은 곧 호승심으로 변했다.

뼛속까지 무인인 그에게 강한 상대는 긴장감을 불러일으 키기도 하지만 동시에 피를 끓게도 했다.

"오라, 애송이!"

엽무백은 검첨으로 금적무를 가리키며 말했다.

대노한 금적무의 눈에서 두 줄기 자광이 뿜어져 나왔다. 그의 성명절기 뇌화육도(雷火六刀)가 극성에 이르렀을 때 나타나는 현상이었다. 동시에 전신에서 흡사 불길과도 같은 살기가 이글이글 피어올랐다.

엽무백은 냉랭한 표정으로 두 자루 곤을 슬쩍 비틀어 쥐었다. 금적무를 향했던 두 자루 검이 빛살처럼 빠르고 절도있게 두 번을 꺾이더니 곧장 금적무를 향해 날아갔다.

그 순간, 낯익은 등판 하나가 앞을 막아섰다.

대경실색한 엽무백은 황급히 진기를 거둬들였다.

날카로운 두 자루 검첨은 정확히 등판 앞에서 멈추었다.

도끼 두 자루를 양손에 든 채 물을 줄줄 흘리며 서 있는 그는 법공이었다.

"뭐하는 짓이야!"

엽무백이 버럭 고함을 질렀다.

"저놈은 내 몫이야. 못다 한 승부를 봐야지."

"비켜!"

"광택아, 오늘 살맛 한번 제대로 보자꾸나!"

말과 함께 법공이 들소처럼 돌진해 갔다.

광택이는 법공이 다루는 두 자루 곤의 이름이었다. 반질반질 광택이 난다고 해서 그렇게 불렀는데, 사람들은 실소를 터뜨릴지 몰라도 법공은 곤이라는 물상을 하나의 전우로 여길 정도로 애착을 가졌다.

금적무가 그의 애병 귀환도를 폭풍처럼 휘두르며 법공의 곤을 맞아들였다.

까깡깡깡!

요란한 금속성과 함께 불꽃이 사방으로 튀었다.

법공의 돌파력이 사나웠던 탓일까?

아니면 엽무백이 협공할 것을 염려한 탓일까?

금적무는 공방을 주고받는 척하면서 눈 깜짝할 사이에 무려 십여 장 밖으로 물러났다. 바다를 연한 점장대의 가장자리에 이르러서야 본격적인 반격이 시작되었다.

법공과 금적무는 공통점이 많았다.

젊은 나이에 만인이 우러러볼 정도로 절후의 무학을 지녔다는 것이 그렇고, 무공이라면 자다가도 벌떡 일어날 정도로 무공광이라는 것도 그랬다. 결정적으로 둘 다 하나같이 고집으로 똘똘 뭉친 벽창호들이었다.

두 사람은 흡사 사나운 두 마리 범처럼 격돌했다.

"꼴통 자식⋯⋯!"

엽무백은 뒤돌아서서 적진 속으로 뛰어들었다.

바닥엔 피를 낭자하게 흘리며 신음하는 철갑귀마대와 수적들로 가득했다. 그사이 수라멸진을 뚫고 점장대의 한가운데로 온 남궁옥 일행은 인질들을 완벽하게 보호하는 한편, 일부는 몰려드는 철갑귀마대와 수적의 고수들을 한 명씩 차곡차곡 베어 넘기고 있었다.

하지만 압도적인 수의 열세는 쉽게 극복할 수 있는 것이 아니었다. 고수는 적진에도 많았고, 금적무와 금부투왕, 독소마녀 등에 의해 비선의 고수가 절반 이상 쓰러졌다. 덕분에 수많은 적을 쓰러뜨렸지만 한 사람당 상대해야 할 적들의 수는 전혀 줄어들지를 않았다.

사람들은 체력적 한계에 부딪히고 있었다.

그나마 균형을 유지할 수 있었던 것은 초장에 적진을 무참히 쓸어버린 엽무백의 활약과 당소정의 독공, 그리고 남궁옥의 위력적인 검공 때문이었다.

사백 명 이상을 죽인 것 같은데 남은 적의 숫자는 아직도 삼백에 육박했다. 반면 아군의 숫자는 겨우 스무 명 남짓이다. 그들 대부분이 양민들을 지키는 데 전력을 쏟았기 때문에 사실상 적과의 전투는 고스란히 엽무백, 당소정, 남궁옥, 팽도굉을 비롯해 몽중연에서부터 함께 나온 일부 고수들의 몫이었다.

어느 순간부터 살아남은 철갑귀마대와 수적 떼의 눈에 광기가 돌기 시작했다. 처음 엽무백이라는 살성의 등장으로 죽음의 공포를 경험해야 했던 그들은 죽기를 각오하고 싸우는 것만이 유일한 살길이라는 걸 깨달았다.

게다가 무시무시한 고수는 엽무백을 비롯해 대여섯 명에 불과하다는 걸 알아차렸다. 저들 대여섯 명만 쓰러뜨리면 살길이 보일지도 모른다. 삼백 명 중 이백오십 명을 잃더라도 저들 대여섯 명만 쓰러뜨리면 오십 명은 살아남을 수 있다. 내가 그 오십 명에 들지도 모른다. 그러기 위해선 서로가 목숨을 아까워하지 말고 싸워야 한다. 이런 공감대가 만들어지면서 전투의 흐름은 새로운 국면을 맞았다.

"적들이 죽기를 각오한 것 같아요."

어느 순간 엽무백의 등에 자신의 등을 붙인 당소정이 말했다. 애써 차분한 목소리를 내었지만 등을 통해 전달되는 그녀의 심장박동은 질주하는 말발굽 소리처럼 가팔랐다.

반면, 엽무백은 한 점의 흐트러짐도 없었다.

"무슨 상관이오. 어차피 모두 죽여 버릴 텐데."

"당신은 모두를 죽일 때까지 살아남을 수 있을지 몰라도 우린 아니에요. 저도 독과 암기가 모두 떨어졌고요."

언제부턴가 당소정은 칼을 쥐고 있었다.

당소정의 힘은 독과 암기에서 나온다.

그녀가 한 걸음을 내디디면 꼭 한 명이 죽었다.

양팔을 크게 휘두르거나, 소맷자락이 펄럭인다 싶은 순간엔 어김없이 서너 명이 급살을 맞고 쓰러졌다. 당문의 독과 암기는 그토록 무서웠다.

하지만 무서운 만큼 귀하다.

독은 한 번 사용하면 소모되는 것이고, 암기는 회수를 하는 과정이 필요한데 전투 중에는 그게 불가능했다.

독공과 암기술에 조예가 깊은 그녀가 왜 칼을 차고 다니는지 이제야 이해가 되었다. 칼은 독과 암기가 모두 떨어졌을 때 마지막 항전을 위한 수단이었던 것이다. 하지만 안타깝게도 당소정의 도법은 독공에 비해 조예가 깊지 못했다.

주위를 돌아보니 남궁옥 일행이 금부투왕과 독소마녀 등을 상대로 고전을 면치 못하고 있었다. 남궁옥 일행은 한 사람당 적게는 대여섯 명에서 많게는 수십 명씩을 죽였다. 반면 수하들을 앞세운 금부투왕과 독소마녀 등은 고스란히 체력을 비축했다가 지금 남궁옥 일행에게 한꺼번에 터뜨리고 있었다. 자연히 힘에 부칠 수밖에 없었다.

엎친 데 덮친 격으로 양민들을 지키고 있던 스무 명의 비선 고수 역시 십여 명으로 줄어버렸다. 그들은 이제 양민들은커녕 제 목숨조차 건사하기 벅찬 상황이었다.

그사이 백여 명의 적이 엽무백과 당소정을 에워쌌다. 독기가 잔뜩 오른 그들은 금방이라도 동귀어진을 할 것처럼 사나운 기도를 폴폴 풍겼다.

"남궁옥, 양민들을 지켜! 한 발자국도 나오지 말 것!"

엽무백의 일갈이 터졌다.

동시에 당소정의 등 뒤에서 겨드랑이 사이로 오른팔을 획 집어넣었다. 갑작스러운 엽무백의 행동에 당황한 당소정은 팔을 힘껏 움츠렸다. 가슴을 보호하기 위한 여인의 본능적인 움직임이었다. 그 바람에 엽무백의 팔과 당소정의 팔이 쇠사슬로 연결된 것처럼 단단하게 옭아매졌다.

순간 엽무백은 질풍처럼 돌아서며 당소정을 허공으로 집

어 던졌다. 당소정은 전방에 가득한 적 일백을 뛰어넘어 양민들의 곁으로 달려가는 남궁옥 일행의 앞에 뚝 떨어졌다.

그사이 엽무백은 또다시 적들을 향해 달려가며 두 자루 검을 난사하고 있었다. 개떼는 제아무리 독기를 품어도 성난 범을 당할 수 없다. 엽무백은 작심을 한 듯 닥치는 대로 쳐 죽였다.

남궁옥 일행은 양민들의 곁에서 한 발자국도 움직이지 말라는 엽무백의 명령을 충실히 지켰다. 공세에서 수세로 바꾸자 체력의 손실을 여전했지만 대신 양민들의 안전을 보장할 수 있었다.

남은 건 오로지 엽무백에게 달렸다.

혼자서 사백여 명을 상대해야 했지만, 그는 한 점의 망설임도 두려움도 없었다. 애초부터 그에겐 시간의 문제였지 승부의 문제가 아닌 것 같았다. 문제는 그때까지 남궁옥 일행이 버틸 수 있느냐 하는 것이었다.

그때 누구도 예상 못한 일이 일어났다.

어둠이 깔리기 시작한 호수의 동편으로부터 다섯 척의 용선(龍船)이 각 이십여 명씩, 도합 백여 명의 무인을 태운 채 점장대를 향해 달려오고 있었다.

용선은 뱃머리에 용의 얼굴을 조각한 것으로 비조선보다는 크고 누선보다는 작다. 좁고 길쭉한 배에 이십 명씩이나 되는 사람들이 타고 한꺼번에 노를 저으니 그 속도는 말이 달리는 것만큼이나 빨랐다.

노를 젓는 완력도 그렇고, 무리에서 뿜어져 나오는 기도도 그렇고 예사 인물들이 아니었다.

저들이 어느 편인지 모르는 상태에서 사람들은 모두가 당황했다. 정황으로 미루어 보자면 마교의 지원대일 공산이 컸다. 수적들과 철갑귀마대는 혈색이 도는 반면 남궁옥 일행의 얼굴은 썩어 문드러졌다.

모두를 아연실색케 하는 일이 잠시 후 벌어졌다.

뱃머리가 점장대에 닿자마자 좌장으로 보이는 자가 이렇게 외친 것이다.

"탕마멸사(蕩魔滅邪) 골원혈복(骨怨血復)! 마교의 종자는 한 놈도 남기지 말고 멸하라!"

마를 쓸어버리고 뼈에 사무친 원한은 피로써 갚는다!

괴인의 한마디가 떨어지기 무섭게 용선에 타고 있던 용 같고 범 같은 무사들이 일제히 점장대로 쏟아져 나왔다. 그들은 엽무백을 상대로 항전 중인 수적 떼와 철갑귀마대의 생존자들을 파도처럼 쓸어갔다.

느닷없는 상황에 엽무백은 크게 당황했다.

그때 용선을 타고 온 지들의 수장이 여태 쓰고 있던 죽립을 획 벗어 던졌다. 준수한 외모를 지닌 서른두세 살가량의 중년인이 모습을 드러냈다.

얼굴은 모른다. 하지만 떡 벌어진 어깨와 한 손에 뽑아 든 장검이 낯이 익었다. 불과 하루 전, 등왕각 앞에서 진자강이 흑삼객과 싸울 때 죽립을 눌러쓰고 나타나 조언을 해준 이가 있었다.

"칼을 뽑았으면 반드시 적을 쓰러뜨리게. 결과가 과정을 합리화시키는 법. 패자의 변명 따윌 들어줄 사람은 어디에도 없다네."

'인사는 나중에 합시다!'

사내의 표정은 그렇게 말하는 듯했다.

그리고 곧 전장 속으로 뛰어들었다.

전투는 새로운 국면을 맞이했다.

수적들과 철갑귀마대의 생존자들은 점장대의 서쪽으로 밀려나기 바빴다. 양민들의 안전이 확보되자 남궁옥 일행까지 싸움에 나섰다. 그들은 금부투왕과 독소마녀를 비롯해 인근 방파의 방주들에게 집중포화를 퍼부었다.

제아무리 남창을 호령한다고 해도 짧게는 백 년에서 길게는 오백 년을 이어온 명문대파의 벽을 넘기에는 역부족이었다.

"악!"

찢어지는 비명과 함께 독소마녀가 무릎을 꿇었다.

당소정을 상대로 십여 합을 나눈 끝에 마지막 일수를 견디지 못하고 쓰러진 것이다. 멀지 않은 곳에서는 반 장이나 뛰어오른 남궁옥이 금부투왕 머리 위로 뇌전을 떨어뜨리고 있었다.

꾸르릉, 꽝!

대경실색한 금부투왕이 대부를 바깥으로 크게 휘둘렀다. 육중한 대부가 '쩡' 소리를 내며 튕겨 나갔다. 그 순간 시뻘건 검이 금부투왕의 좌측 옆구리를 뚫고 나왔다. 어느새 우측으로 떨어져 내린 팽도굉이 우측 옆구리를 찌른 것이다.

"이런 개 같은 경우가……!"

금부투왕이 털썩 무릎을 꿇었다.

아래로 떨군 그의 입을 따라 검붉은 피가 줄줄 흘러내렸다. 팽도굉은 발로 금부투왕의 어깨를 밟고 검을 쑥 뽑았다. 그 힘을 이기지 못한 금부투왕의 상체가 바닥으로 쓰러졌다. 그때쯤엔 비선의 고수들이 여타의 채주들을 모두 쓰러뜨린 상태였다.

채주의 패배를 목도한 수적들은 전의를 상실했다.

전의를 상실한 수적들은 더는 상대가 되지 않았다.

일부는 피를 흘리며 호수로 뛰어들고, 일부는 무자비한 칼날에 쓰러져 갔다.

남궁옥 일행은 철갑귀마대의 생존자에게 집중했다.

남은 자들은 조장급으로, 이미 적지 않은 비선을 베어 넘긴 고수들이었다. 독이 바짝 오른 철갑귀마대의 고수들은 사력을 다해 끝까지 저항했다.

엽무백의 시선은 금적무와 백척간두의 공방을 벌이는 법공에게로 향했다. 겉으로 보기에는 법공이 금적무의 발을 묶어놓는 것 같지만, 그래서 남궁옥 일행이 적들을 상대로 마음껏 싸울 수 있는 것 같지만 전투의 전체 흐름을 놓고 보자면 전혀 그렇지 않았다.

처음부터 엽무백이 금적무를 상대했다면 지금쯤 승부가 났을 것이다. 그랬다면 엽무백과 법공이 협공을 해 좀 더 많은 적을 죽였을 것이고, 아군의 피해도 크지 않았으리라.

지금의 상황은 법공이 쓸데없이 똥고집을 부리는 바람에 뒤죽박죽이 되어버린 그 이상도 이하도 아니었다.

엽무백은 냉랭한 표정으로 두 자루 곤을 쭉 뻗었다.

휘우웅, 철커덕.

검이 구멍을 찾아 돌아오는 뱀처럼 곤 속으로 사라져 버렸다. 두 자루 곤을 하나로 뭉치자 맹렬한 회전과 기음을 토하며 결속되었다.

동시에 혼전 중에 챙겨 허리춤에 매어둔 창두를 뽑아 봉으로 변한 곤의 끄트머리에 붙였다. 역시나 맹렬한 회전, 그리고 단단한 결속이 이루어졌다. 네 조각으로 나뉘었던 병기들이 순식간에 하나의 장창으로 변하는 순간이었다.

엽무백은 법공과 금적무를 향해 성큼성큼 다가갔다.

법공은 시종일관 파상적인 공세를 펼쳤다.

그의 몸은 마치 무쇠로 만들어진 것 같았다.

남궁옥 일행이 금부투왕을 비롯해 채주들을 죽이고 철갑귀마대의 생존자들을 모두 쓰러뜨리기까지 걸린 시간은 일각, 짧다면 짧고 길다면 긴 그 시간 동안 법공은 무려 백여 합을 펼치고도 여전히 펄펄 날았다.

문제는 그러고도 금적무의 옷자락 하나 건드리지 못했다는 데 있었다. 그건 금적무 역시 마찬가지였다. 그의 귀환도가 법공을 상대로 폭풍 같은 도기를 쉬지 않고 뿜어냈음에도 불구하고 겨우 백중세를 유지했을 뿐 승기를 잡지는 못했다.

"비켜."

엽무백이 말했다.

"무슨 소리야. 이제 거의 끝나간다고."

법공이 버럭 소리 질렀다.

"이건 생사결이 아니야!"

말과 함께 엽무백이 두 사람 사이에 불쑥 끼어들었다.

힘과 힘, 초식과 초식이 정교하게 맞물려 들어가고 있는 전투의 현장으로 갑자기 끼어드는 것은 위험천만한 일이었다.

하지만 두 사람은 엽무백에게 위해를 가하기는커녕, 각자의 병기를 크게 휘두르며 물러나기 바빴다. 엽무백이 장창을 전장의 가운데 찔러 넣는 순간 막강한 경력이 폭발했기 때문이었다.

"이게 뭐하는 짓이야!"

법공은 만세를 부르며 물러나고, 금적무는 바깥으로 튕겨 나가려는 귀환도를 붙잡느라 날갯죽지가 찢어지도록 힘을 썼다.

그 순간, 엽무백이 벼락처럼 돌아섰다. 굴렁쇠를 굴리듯 아래로 늘어뜨린 상태에서 쭉 내미는 그의 손끝에서 창준(槍鐏: 창날의 반대쪽 끄트머리)이 떠났다.

후욱, 푹!

짧은 파공성 끝에 이어지는 관통음.

"흐읍!"

바깥으로 크게 휘둘려진 귀환도를 미처 회수하지 못한 금적무는 비명을 지르며 다시 세 걸음을 물러났다. 정확히 단전을 관통한 창은 등을 뚫고 나와 있었다. 단전이 파괴되었으니 무인으로서의 생명은 끝났다. 그냥 두면 한 사람으로서의 생명도 끝날 것이다.

마지막까지 맹렬한 저항을 하던 철갑귀마대의 조장급 고수 십여 명은 날벼락이라도 맞은 것처럼 그 자리에서 우뚝 서서 움직이질 않았다.

엽무백은 저벅저벅 걸어가 금적무의 배에 박힌 창을 주저 없이 뽑아버렸다.

"허억!"

차가운 쇠가 배를 뚫고 들어왔다가 다시 빠져나가는 고통 에 금적무가 다시 한 번 비명을 지르며 바닥에 무릎을 꿇었 다. 뚫린 아랫배에서 붉은 선혈이 풍풍 뿜어져 나왔다.

"마지막은 그대가 하겠소?"

엽무백이 당소정을 향해 물었다.

엽무백은 당소정을 위해 금적무를 남겨두겠다는 약속을 지키지 않았다. 독과 암기를 모두 잃어버린데다, 객관적으로 보았을 때 그녀는 아직 금적무의 상대가 되질 않았다. 해서 금적무를 무용지물로 만들어 버린 후 그녀의 손으로 직접 목 숨을 거둘 것인지 묻는 것이었다.

당소정은 엽무백이 자신을 배려한 나머지 기회를 주지 않 았다는 걸 충분히 알고 있었다. 하지만 이제 와서 금적무의 목숨을 거둔다고 원수를 갚는 건 아닐 것이다. 앞으로도 기회 는 얼마든지 있었다. 금적무는 단지 칼일 뿐, 그 칼을 휘두른 진짜 적은 따로 있었으니까.

당소정은 고개를 가로저었다.

엽무백은 천천히 금적무를 돌아보았다.

"목을 뽑아라. 단칼에 가자."

엽무백의 모습 어디에서도 무림을 공포에 떨게 했던 철갑귀마대주를 대접하는 분위기는 없었다. 마치 그에게는 하찮은 벌레를 밟아 죽이는 일인 것처럼.

"도대체… 너는… 누구냐?"

금적무가 가까스로 고개를 들어 물었다.

그 순간, 엽무백의 창이 허공으로 들렸다가 내려왔다.

섬뜩한 음향과 함께 금적무의 목이 툭 떨어졌다.

"와아아아!"

비선의 생존자들과 교룡채의 미지인이 이끌고 온 무인들이 천지가 떠나갈 듯 함성을 질러댔다. 십 년을 숨어 지냈다. 숨 한 번 제대로 쉬지 못했고, 생사고락을 함께 했던 동도들이 죽어가는 모습을 지켜보아야만 했다. 그 울분의 세월을 어떻게 말할 수 있을 것인가. 그들은 환호성을 지르면서도 닭똥 같은 눈물을 흘렸다.

몇몇 사람들이 생존자들을 엽무백의 앞으로 끌고 왔다. 생존자들이라고 해봐야 몇 명 남지 않았다. 당소정이 펼친 독수에 당해 입술이 파랗게 변한 독소마녀와 전의를 상실한 채 떠밀려 온 철갑귀마대 조장 십여 명이 전부였다.

전투가 사실상 끝나는 순간이었다.

'이것들은 어딜 돌아다니는 거지?'

엽무백은 걱정스러운 얼굴로 주변을 살폈다.

그때 저만치에서 푸르스름한 어둠을 뚫고 비조선 한 척이 빠른 속도로 미끄러져 오는 것이 보였다. 열심히 노를 젓는 진자강과 뱃머리에 서서 손을 흔드는 조원원이었다.

한데 비조선의 좁은 뱃머리에 뭔가를 척 널어놓았다.

"저게 뭐지?"

어느새 곁으로 다가온 법공이 중얼거렸다.

조원원과 진자강이 탄 배가 점장대에 다다랐다.

배가 닿기가 무섭게 조원원은 진자강으로 하여금 뱃전에 늘어놓았던 물건을 짊어지게 했다. 축 늘어지는 사지와 머리통은 분명 인간 신체의 일부였다. 잠시 후 엽무백의 앞에 이른 조원원은 씨익 웃더니 말했다.

"우리가 뭘 잡았는지 보실래요?"

말이 떨어지기 무섭게 진자강이 한 사람을 바닥에 내팽개쳤다. 쿵! 소리와 함께 떨어진 사내는 충격으로 퍼뜩 정신을 차렸다.

"상공!"

독소마녀가 사내를 목놓아 불렀다.

사내가 고개를 힐끗 돌려 독소마녀를 바라보았다.

일굴은 민신창이가 되고 눈처럼 하얗던 백의장삼은 피로 얼룩져 있었다. 조원원에게 얼마나 얻어터졌는지 이빨은 죄다 빠져 남아 있질 않고, 얼굴은 몽둥이에라도 맞은 사람처럼 시퍼렇게 멍까지 들어 있었다.

그는 잠룡옥이었다.

"저 원수 놈의 새끼를 내 손으로 당장……!"

발끈한 장기룡이 대도를 고쳐 잡고 나섰다.

남궁옥이 손을 들어 장기룡을 제지했다.

장기룡뿐만이 아니었다.

그 옛날 잠룡옥의 주도하에 비선과 환희동의 무고한 양민들이 불타 죽은 일을 기억하는 비선들은 잠룡옥을 당장에라도 갈가리 찢어 죽일 태세였다.

"어때요? 이만하면 밥값은 했죠?"

잠룡옥은 진자강이 메고 왔는데 손은 조원원이 털면서 말했다.

"어떻게 된 거야?"

"딱 보니까 잠룡옥이 안 보이더라고요. 해서 비조선을 타고 흑룡선에 몰래 잠입했더니, 아니나 다를까 혼자서 탈출하려고 뗏목을 만들고 있지 뭐예요. 다짜고짜 칼을 뽑아 들고 공방을 벌였죠. 기름 바른 미꾸라지처럼 생긴 게 어찌나 날랜지, 심지어 술법을 부려 하마터면 독사에 발가락을 물릴 뻔했지 뭐예요. 제가 독사를 떼내는 사이에 경공을 펼쳐 도망가려는 걸……."

"그래서 당신이 잡았다고?"

"아니, 진자강이 잡았어요."

"……!"

자기가 말을 해놓고도 민망한지 조원원은 혀로 입술을 살짝 핥았다. 엽무백이 진자강에게로 시선을 돌렸다.

"원원 누나가 그 자리에서 쳐 죽이자는 걸, 어쩌면 엽 아저씨께서 물어볼 게 있을지 모른다며 제가 끌고 왔어요."

"직접 손을 쓰겠소?"

엽무백이 남궁옥을 힐끗 돌아보며 물었다.

남궁옥이 고개를 가로저으며 말했다.

"저는 이미 복수를 했습니다."

"명예롭게 죽여라!"

잠룡옥이 엽무백을 향해 고개를 빳빳이 들고 말했다.

엽무백이 한 걸음 앞으로 다가섰다.

순간, 잠룡옥은 흡사 산이 밀려오는 듯한 압박감에 움찔 놀라며 상체를 뒤로 내뺐다. 명예롭게 죽이라고 호기를 부렸지만 막상 사신으로 돌변한 엽무백을 대하자 공포에 질린 것이다.

"도망친 주제에 명예를 말하다니."

"나를 어찌할 셈이냐?"

"글쎄, 어찌할까?"

엽무백의 말에서 갈등을 읽었음일까?

잠룡옥은 마른침을 꿀떡 삼킨 후 말했다.

"난 총주께서 총애하는 뇌총의 지자다. 나를 죽인다면 반드시 그 대가를 치를 것이다."

"죽이라는 거냐? 살려달라는 거냐?"

"살려주면 원하는 걸 해주겠다."

"내가 뭘 원할 것 같은가?"

"그건……!"

"아니면 네가 해줄 수 있는 게 뭐지?"

잠룡옥은 일순 말문이 막혔다.

거래를 할 때는 상대가 원하는 걸 주고 내가 원하는 걸 취해야 한다. 그 가치가 공히 엇비슷할 때 거래는 성립된다. 하지만 아무리 생각해도 엽무백이 원하는 게 무엇인지 알 수가 없었다.

"삼공자의 죽음에 대해 말해주겠다."

"비마궁에서 마지막 가는 길을 인도했다고 들었지."

"그의 몸에 칼을 댄 자를 알고 싶지 않은가?"

"상관없어."

"어째서……?"

"난 삼공자의 복수를 하러 나선 길이 아니니까."

"하면 원하는 게 무엇인가?"

"마교의 전복."

"……!"

엽무백은 잠룡옥을 물끄러미 바라보았다.

그 심연처럼 깊은 눈과 마주하는 순간 잠룡옥은 온몸의 소름이 돋았다. 전투를 시작할 때는 섬광이 뿜어져 나오다가도 지금은 모든 것을 빨아들일 것처럼 텅 비어 있었다. 그 이질적인 분위기와 어울려 엽무백의 전신에서 뿜어져 나오는 묵직한 기의 압박에 잠룡옥은 바지를 축축하게 적셨다.

"너의 목숨 값으론 너무 비싼가 보군."

잠룡옥의 얼굴이 새파랗게 질렸다.

엽무백이 자신을 살려줄 생각이 없음을 깨달았기 때문이었다.

"사, 살려주시오."

오줌까지 지린 마당에 무슨 체면을 따질 것인가.

잠룡옥은 고개를 떨구고 닭똥 같은 눈물을 뚝뚝 흘렸다.

"오 년 전 그날 밤, 환희동의 양민들도 그렇게 애원했겠지? 너는 화마를 피해 도망쳐 온 여자와 아이들을 창으로 찔러 죽였고."

"그, 그건……!"

"이 손으로 불을 질렀나?"

터팅!

잠룡옥의 양 손목이 싹둑 잘려 나갔다.

눈 깜짝할 사이에 엽무백이 창두를 휘둘러 단 일수에 손목을 잘라 버렸기 때문이었다. 잘려 나간 손목의 단면에서 피가 터져 나와 바닥을 흥건히 적셨다.

"아아악!"

잠룡옥의 비명이 뒤늦게 터졌다.

그가 입을 벌리는 순간 엽무백이 턱을 잡아 뽑았다.

동시에 혀를 집어 밖으로 끄집어낸 다음 창두로 싹둑 썰어 버렸다.

"끄아악!"

"아니면 이 혀로 명령을 내렸나?"

엽무백이 잘린 혀를 잠룡옥의 입속에 던져 넣고 주먹으로 후려쳤다. 픽! 소리와 함께 고개가 팩 돌아갔다. 비명을 지르며 쓰러지는 잠룡옥의 입은 흔적조차 찾을 수 없을 만큼 만신 창이가 되어 있었다.

"어쨌거나 이 발로 환희동을 찾아갔겠지?"

엽무백은 마지막으로 잠룡옥의 두 발을 들어 발목에서부터 산 채로 절단해 버렸다. 찢어지는 비명이 뒤를 이었다.

"아아악!"

사지와 혀가 잘렸다.

다섯 군데에서 뿜어져 나오는 엄청난 양의 피에 주변의 바닥이 순식간에 흥건해졌다. 혀를 잘렸으니 말을 할 수가 없다. 사지를 잘렸으니 일어설 수도, 기어갈 수도 없다. 잠룡옥은 바닥에 널브러진 채 남은 사지를 바르르 떨면서 천천히 죽어갔다.

"상공!"

독소마녀가 울부짖었다.

장기룡이 양팔을 꺾어 잡지 않았다면 당장에라도 달려갈 기세였다. 한때는 연인이었던 잠룡옥의 비참한 모습을 보자 연민이 끓어오르는 모양이었다.

"그를 살려주세요. 제발……!"

독소마녀가 엽무백을 향해 애원했다.

불과 하루 전 독소마녀는 엽무백에게 당신의 말로는 처참할 것이라고 저주를 퍼부었다. 하지만 지금, 독소마녀는 자신의 혀를 뽑아버리고 싶었다.

"풀어줘."

엽무백이 말했다.

장기룡이 독소마녀를 놔주었다.

독소마녀가 쓰러지듯 달려가 장기룡을 부축하는 한편, 자신의 옷자락을 찢어 사지의 절단면 위를 묶어 피를 멈추게 하는 한편, 잘린 혀를 꼭 깨물도록 시켰다. 일단 지혈을 해야 꺼져가는 목숨을 살릴 수 있기 때문이었다.

그 순간, 엽무백이 두 연놈을 일창에 꿰어버렸다.

독소마녀의 등이 활처럼 휘었다.

창간을 타고 흘러내린 피가 바닥을 흥건히 적셨다.

엽무백은 굳은 채로 움직이지 않는 사람들을 쓸어보며 나직하게 말했다.

"한 놈도 살려두지 않겠다고 했는데, 못 들었나 보군?"

한순간 차가운 공기가 좌중을 휩쓸고 지나갔다.

엽무백은 분명 그렇게 말했었다.

살 생각도, 살려달라 애원할 생각도 말라고.

결국 그는 처음부터 잠룡옥을 살려줄 생각이 없었던 것이다. 쥐 죽은 듯 고요한 침묵을 깨트린 사람은 법공이었다.

"듣던 중 반가운 소리로군!"

금적무를 엽무백에게 빼앗긴 법공이 쌍부를 휘두르며 철갑귀마대 속으로 뛰어들었다. 그 와중에도 철갑귀마대의 생존자들은 서로 등을 붙이고 작은 검진을 이루고 있었다. 조직의 기강이란 무섭다. 금적무에 의해 전투귀신들로 조련된 그들은 어떠한 경우에도 항복을 몰랐다.

하지만 괴물 같은 법공을 상대하기에는 역부족이었다.

땅땅 소리가 요란하게 울리길 한참, 서너 명의 조장이 피를 뿌리며 쓰러졌다. 검진이 무너지자 다음부터는 식은 죽 먹기였다. 마지막까지 저항을 하던 철갑귀마대의 조장 십여 명이 시체로 변하는 데는 촌각의 시간도 걸리지 않았다.

그때쯤엔 사위가 어두워진 상태였다.

한 시대를 풍미했던 철갑귀마대는 대주 금적무와 함께 몰살을 당했다. 마교의 눈치를 보는 바람에 강제 동원되었던 수적 오백 명 또한 하루아침에 날벼락을 맞고 죽었다.

마지막으로 정도무림의 부활을 꿈꾸며 십 년을 절치부심했던 비선의 고수 삼십여 명이 적들과 함께 장렬하게 산화했다.

삼십 명의 안타까운 목숨과 맞바꾼 점장대의 전투는 그렇게 끝이 났다. 비선의 생존자들은 정마대전 발발 이후 처음으로 마교를 꺾었다는 환희와 어제까지만 해도 함께 밥을 먹던 동료 삼십여 명이 죽었다는 슬픔이 하나로 뒤섞여 말할 수 없는 감정의 소용돌이에 휩싸였다.

그때 멀리 떠나 있던 선루가 정박했다.

비선이 부상자들과 인질로 잡혀왔던 양민들을 빠르게 실어 날랐다. 치료도 시급한 문제였지만, 사람들이 몰려들기 전에 빨리 여길 떠나야 하기 때문이었다.

벌써부터 저 멀리 보이는 호수 가장자리에 군웅이 모여들고 있었다. 철갑귀마대와 수적 떼가 몰살을 당했다는 걸 눈치챈 탓인지 곳곳에서 박수와 환호성이 끊이지 않고 흘러나왔다.

조금 용기가 있는 자들은 배를 타고 점장대 근처로 다가오기도 했다. 아마도 끌려온 양민들의 가족들이 혈육의 생사를 확인하기 위해 위험을 무릅쓰고 나온 것이리라.

실제로 멀리서 혈육을 발견한 아낙과 양민들이 오열하기 시작했다. 죽은 줄 알았다가 무사한 모습을 보자 기쁨이 북받친 것이다.

그사이 교룡채의 고수가 엽무백과 남궁옥 등이 있는 곳으로 다가왔다. 멀리서는 몰랐는데 그는 육 척에 달할 정도로 키가 컸다. 진자강이 그를 알아보고는 '엇!' 하고 비명을 질렀다.

"교룡채에서 온 한백광입니다."

"진짜 신분을 말하라."

엽무백이 준엄하게 말했다.

엽무백의 거침없는 하대에도 불구하고 사내는 맑게 미소를 짓더니 다시 포권지례를 했다.

"무당 십칠대 제자 한백광, 엽 대협께 인사드리오."

"무당칠검(武當七劍)……!"

조원원의 입에서 흘러나온 신음이었다.

한백광은 무당파가 자랑하는 일곱의 초절정 검수 중에서도 수위를 다투는 고수다. 드디어 구대문파의 생존자들까지 세상 밖으로 나오고 있다. 사람들은 벅찬 감격에 할 말도 잊은 채 한백광을 응시했다.

한백광의 말이 이어졌다.

"신분을 숨긴 채 교룡채에 몸담고 있었소. 철갑귀마대가 양민들을 처형할 것이라는 소식을 듣고 달려온 길이외다. 함께 온 사람들은 나를 따르겠다고 맹세한 수하들이니 안심해도 좋소."

"귀하가 채주인가?"

"채주는 신분을 속이기에 가히 좋은 자리가 아니지요."

"이 일을 알면 채주가 가만있지 않을 터인데."

교룡채에 대해서는 엽무백도 잘 안다.

장강 만 리를 호령하는 열여덟 개의 수채 중 한 곳이니 파양호에서 난다긴다하는 귀왕채 따위와는 비교도 할 수 없는 거대 세력이다.

"그래서 목을 베어버리고 왔소이다."

한백광의 시원한 대답에 여기저기서 웃음이 터져 나왔다. 그사이 엽무백은 좌중에 이는 이상한 분위기를 감지했다. 구대문파의, 그것도 무당의 칠검이 나타났는데 몽중연의 인물들은 어느 누구도 이를 이상히 여기지 않는 것이었다.

"어떻게 된 일이오?"

엽무백이 남궁옥에게 물었다.

남궁옥이 환하게 웃으며 말했다.

"그가 바로 대하에서 온 사람입니다."

엽무백이 다시 한백광을 돌아보았다.

한백광이 굳게 다문 입술로 고개를 끄덕였다.

"금사도가 대하 너머에 있다는 게 사실이오?"

"차차 하도록 하지요."

"나와 함께 가겠다는 뜻이오?"

"그러려고 온 것입니다."

"불가하오."

"무슨……?"

"당신은 달리 할 일이 있소. 남궁 적주에게 듣자니 내가 왔던 길을 따라 금사도로 가는 사람들이 점점 늘어나고 있다던데. 맞소?"

"틀림없는 사실입니다. 중원 전역에서 삼삼오오 떼를 지어 어디론가 이동 중인 괴인들의 목격담이 속출하고 있습니다. 광동, 복건, 강서에서는 다섯 개의 매혼문이 정체를 알 수 없는 사람들의 공격을 받았고, 철갑귀마대가 엽 대협을 잡겠다고 천라지망을 펼쳤던 항주에서는 마교 지단이 백여 명이나 되는 미지의 세력에게 공격을 받아 삼백 명이나 죽었습니다."

한백광은 잔뜩 흥분해 있었다.

그의 말을 들은 사람들은 곳곳에서 하던 일을 멈추고 한백광과 엽무백을 바라보았다. 하나같이 벅차 오르는 감정을 주체하지 못하고 있었다.

"그들을 이끌 지도자가 필요하오. 귀하는 무당칠검의 유일한 생존자. 귀하의 말이라면 따를 것이오. 사람들을 하나로 모으시오. 과거엔 흩어져야 살았지만 이제는 뭉쳐야 살 수 있소. 내 말 무슨 뜻인지 알겠소?"

"한마디 주십시오."

"무얼?"

"말씀하신 것처럼 사람들은 제 말을 따를 것입니다. 하지만 엽 대협의 말씀이라면 목숨을 걸 것입니다. 사람들을 만나면 오늘 있었던 일을 전할 것입니다. 그들에게 진언(眞言)을 주십시오."

이 무슨 희한한 말인가.

자신이 저들의 우두머리가 아닐진대 진언을 달라니.

엽무백은 사람들을 돌아보았다.

남궁옥, 당소정, 조원원, 법공, 팽도굉을 비롯해 모든 사람이 자신을 바라보고 있었다. 당소정이 고개를 끄덕였다. 한마디 내리라는 뜻이다.

엽무백은 다시 한백광을 바라보았다.

그는 장문인의 가르침을 기다리는 제자처럼 굳센 표정으로 엽무백을 응시하고 있었다. 엽무백은 한참을 생각한 끝에 말했다.

"광야를 달리는 말은 뒤를 돌아보지 않는 법, 칼을 뽑기로 작정을 했다면 패배를 걱정하지 말고 끝까지 싸우라고 전하시오."

한백광이 감개무량한 표정으로 포권을 지어 보였다.

"와아!"

사람들이 천지가 떠나갈 듯 일제히 함성을 질렀다.

당소정이 말갛게 웃어 보였다.

한백광이 품속에서 양피지 한 장을 꺼내 엽무백에게 주었다.

"전날 비선을 만나 함께 갔던 이동로를 그린 지도와 몇 가지 아는바를 적어놓았습니다. 분명 도움이 되실 겁니다."

엽무백은 양피지를 건네받아 품속에 갈무리했다.

이어 남궁옥을 향해 말했다.

"우린 이만 가보겠소."

"앞으로 엽 대협의 행보는 지금까지와는 다를 것입니다. 저희가 도울 테니까요."

남궁옥은 이미 짐작했다는 듯 깊숙이 허리를 숙이며 포권지례를 했다. 뒤를 이어 주변에 있던 모든 비선의 생존자들과 한백광이 이끌고 온 수하들, 그리고 인질로 잡혀왔던 양민들까지 일제히 엽무백을 향해 포권지례를 했다.

어떤 자들은 눈물까지 글썽였다. 아마도 살아서 금사도까지 가길 간절히 바라는 마음에서였을 것이다.

그때 당소정이 다가와 말했다.

"저도 함께 가겠어요."

당소정의 한마디에 사람들의 얼굴이 딱딱하게 굳었다.

정확하게 말하면 조원원과 법공, 진자강, 그중에서도 조원원의 얼굴은 딱딱하다 못해 사색이 되었다.

"오늘 나는 십만마교를 적으로 돌렸소. 그게 무슨 의미인지 알고 있소?"

"적들이 당신을 잡기 위해 끝도 없이 몰려오겠죠. 그들 중에는 저로서는 상상도 못할 고수들도 있을 테고요. 그럼에도 불구하고 제가 당신과 반드시 함께 가야 할 이유가 한 가지 있어요."

"……?"

"인정하든 하지 않든 당신의 목숨은 이제 당신 혼자만의 것이 아니에요. 만에 하나 당신이 중상을 입고 죽기라도 한다면 무림은 세상을 바꿀 유일한 기회를 잃게 돼요. 그 이전에, 저의 의술이 당신의 목숨을 한 번은 구할 수 있을 거예요. 그건 다른 사람들도 마찬가지고요."

당소정이 말끝에 법공과 진자강에게로 슬쩍 시선을 주었다.

독과 약은 둘이 아니다.

무림인들에게 사천당문은 독의 조종으로도 유명하지만 양민들에게는 천하제일의 의가로 알려졌다. 백전백승을 한다손 치더라도 부상을 입지 말란 법이 없다. 마교에는 사악한 독물이 많으니 독에 중독될 일도 분명 있을 것이다. 독과 의술에 정통한 당소정은 반드시 필요한 인물이었다.

법공, 진자강은 약속이나 한 듯 고개를 끄덕였다.

당소정이 자신들까지 치료해 주고 말고 하는 건 관심이 없었다. 다만 저렇게 예쁜 여자와 동행할 생각을 하니 괜스레 기분이 좋아질 뿐.

오직 한 사람, 조원원만 벌레 씹은 듯한 얼굴이 되었다.

"별 핑계를 다 대는군."

엽무백은 심드렁하게 대꾸했다.

第八章 스물여덟 번째 제자.

한때 칠대 혼마였던 초공산의 일곱 번째 제자 천제악이 권좌를 차지한 지 한 달여가 지났다. 하지만 권좌를 향한 전쟁은 아직 끝나지 않았다.

과거 초공산은 스물일곱의 제자를 두었다.

교주가 병사하자 그들은 권좌를 두고 전쟁은 벌였고 불과 삼 년이라는 시간 동안 열일곱 명이 죽었다. 남은 사람은 단 열 명, 강호인들은 그들을 십봉룡이라 불렀다. 이제야말로 피 튀기는 혈전이 벌어질 거라는 모두의 예상을 깨고 전쟁은 칠 공자와 삼공자의 양자전으로 바뀌어 버렸다.

둘째가라면 서러워할 여덟 명의 제자가 갑자기 최소한의 호위 병력만 대동한 채 각자의 장원에 칩거했기 때문이었다.

왜 그랬을까?

그건 그들이 팔마궁주의 혈족이기 때문이었다.

그들은 힘이 없어서가 아니라 미래를 내다보았다.

첫 번째는 불필요한 희생을 치르지 않기 위해서, 두 번째는 삼공자라는 가장 막강한 적을 죽이기 위해서. 그래서 그들은 차도살인지계(借刀殺人之計)를 썼다.

자신들이 가진 모든 힘을 천제악에게 실어준 것이다.

그 결과 팔 인의 용과 봉황은 그들 본래의 힘을 고스란히 지켰고, 천제악은 삼공자를 치고 권좌를 차지했다. 그들의 입장에서 천제악은 한시적인 제왕에 지나지 않았다.

문제는 그 과정에서 천제악이 보여준 용병술과 치술이다. 그는 만박을 앞세워 빠른 속도로 신궁을 장악해 버렸고 힘을 하나로 합친 팔마궁과도 결전을 치를 수 있을 만큼 강해졌다.

팔마궁은 당황했다.

허수아비에 불과했던 천제악이 오히려 자신들의 명줄을 틀어쥐려 할 줄이야. 이건 예상치 못한 변수다. 아니, 예상은 했으되 기대 이상의 반격이었다.

팔마궁은 그제야 알았다.

자신들이 천제악을 이용한 것이 아니라 보이는 그대로 천제악이 자신들을 이용한 것임을.

당연하게도 만박의 솜씨였다.

만박은 오래전부터 오늘과 같은 계획을 세웠다.

그리고 이제 팔마궁을 하나씩 제거해 나가면 된다. 모든 것이 순조롭게 진행되던 찰나 예상치 못한 변수가 터졌다.

느닷없이 십병귀라는 놈이 나타나 강호를 경동시키고 있는 것이다.

"문을 열어라!"

철컹! 끼이이익!

육중한 철문이 비명을 지르며 열렸다.

만박노사는 호위무사들이 밝히는 횃불을 따라 뇌옥의 통로를 걸어갔다. 통로의 좌우에 무수한 철창이 있었다. 철창 너머로 광기에 물든 눈동자들이 만박노사를 노려보았다.

삼공자와 마지막까지 운명을 함께하려다 사로잡힌 수백 명의 포로들이었다. 식량을 축내면서까지 저들을 죽이지 않고 살려두는 것은 오직 하나, 교주가 마공을 수련할 때 쓸모가 있었기 때문이다.

제물로 쓰기 위해서였다.

이미 백여 명이 넘는 무인들이 죽었다.

일부는 실전 수련의 희생양이 되었고, 일부는 모종의 대법(大法)을 교주의 내공을 증진하는 데 제물로 쓰였다.

그걸 알기에 저들의 적개심은 극에 달했다.

잠시 후, 만박노사가 걸음을 멈추었다.

기다리고 있던 적룡이 깊숙이 포권을 했다.

"간밤에 흑월(黑月)의 절정고수 일곱이 비마궁으로 잠입, 뇌옥에 갇혀 있던 놈을 탈취해 데려왔습니다. 한데… 문제가 있었습니다."

적룡은 마른침을 삼키고 다시 말을 이었다.

"뇌옥을 빠져나오는 과정에서 잔살(殘殺)과 부딪쳤습니다. 흑월 다섯과 잔살 넷이 죽었습니다."

교내에서도 신비하기로 유명한 네 개의 조직 사루(四樓), 그중에서도 가장 은밀한 곳이 바로 흑월루, 다시 말해 흑월이다. 잔살은 비마궁에서 정적 제거와 암살을 위해 만든 특무조로 흑월과 치열한 정보전을 치르고 있었다.

바로 그 흑월과 잔살이 부딪쳤다.

"시체는?"

"놈을 납치해 오는 게 우선이었는지라……."

천제악이 교주가 되고 난 후 신궁과 비마궁 사이에 벌어진 첫 번째 전투였다. 손속을 나누었으니 흑월을 몰라볼 리 없다. 거기에 시체 다섯 구를 남겨두었으니 비마궁에선 빼도 박도 못할 불증까지 손에 넣은 셈이다.

"죽여주십시오!"

적룡이 돌연 무릎을 꿇었다.

"칼을 감추었어도 뽑을 수가 없는 때가 있다. 그건 그 칼이 허락되지 않은 칼일 때지. 염려 마라. 비마궁은 감히 따지지 못할 것이다."

"감사합니다."

적룡이 머리를 땅바닥에 쿵쿵 찧었다.

만박은 천천히 철창 안으로 시선을 돌렸다.

철창 너머로 양손을 포박당한 채 웅크린 한 사내가 보였다. 어지럽게 흘러내린 머리카락은 산발이 따로 없고 옷자락은 갈가리 찢겨 있었다. 고개를 숙이고 있었기에 얼굴은 알아볼 수가 없었다.

"얼굴은 확인했겠지?"

적룡이 벌떡 일어나더니 간수를 향해 눈짓했다. 들어가서 놈의 고개를 꺾으라는 말이다. 간수가 자물쇠로 철창을 열고 들어가려는 순간 만박노사가 말했다.

"적룡, 네가 직접 하라."

"……?"

"놈의 얼굴을 확인하고 내 앞에 데려오는 것까지 너의 임무였다."

적룡은 정신이 번쩍 들었다.

비록 잔살과 부딪쳐 다섯 명이 죽기는 했지만 흑월은 실수를 모르는 조직. 다른 사람을 데려왔을 리가 없다. 흑월은 당연히 믿는다. 그래서 불곡도의 얼굴을 확인하지 않았다. 만박노사는 그걸 귀신같이 알고 가르침을 주는 것이다.

적룡이 횃불을 들고 철창 안으로 들어갔다.

사내의 근처에 이르러 그가 횃불을 들이밀었다.

그 순간, 웅크리고 있던 사내의 몸이 벼룩처럼 튀어 오르더니 정수리로 적룡의 턱을 들이받았다. 빽! 소리와 함께 비칠거리는 적룡의 등을 사내가 올라탔다. 포박당한 양손으로 목을 감고 두 팔을 꺾으니 우두둑 소리와 함께 적룡이 쓰러져버렸다.

즉사였다.

그사이 횃불은 바닥을 굴렀고, 바깥에선 간수가 서둘러 철창을 잠가 버렸다. 사내는 두 눈을 부릅뜬 채 죽은 적룡을 힐끗 보고는 만박노사를 향해 무섭게 돌아섰다.

그리고 말했다.

"늙은이, 운이 좋군."

"그런 하찮은 수로 나를 잡을 수 있을 거라 생각했더냐?"

"큭큭큭. 걸리면 좋고, 아니어도 한 명은 데려갈 수 있을 거라 생각했지. 어차피 쓸모가 없는 놈이었다는 게 좀 아쉽긴 하군."

사내는 불곡도 신무광이었다.

삼공자 장벽산을 마지막까지 호위하다가 끝내 비마궁의 고수들에게 잡혀갔던 사내. 철창 앞에 이르는 순간 만박노사는 신무광의 의도를 알아차렸다.

때마침 적룡의 실수를 들었고, 신무광에게 적룡을 던져 주어 징치를 한 것이다. 신무광을 납치해 온 것은 성공이다. 하지만 흔적을 남긴 것은 실패다. 신교에는 허언이 없다.

신무광은 바닥에 뒹구는 횃불을 집어 들어 죽은 적룡의 눈알에 푹 박았다. 횃불이 똑바로 서자 옆에 철퍼덕 주저앉으며 말했다.

"자, 이제 말해보시오."

"네 머릿속에 든 것이 필요하다."

"내게 무얼 줄 것이오?"

"네가 무얼 가졌느냐에 달렸지."

"수하들을 살려주시오."

"네가 가진 게 삼백의 목숨과 맞바꿀 만한 가치가 있어야겠지."

"십병귀… 맞소?"

"……!"

"크크크. 간수들이 하는 얘길 들었소. 비마궁에서도 예의 주시하고 있는 눈치더군."

"놈을 알고 있군."

"한 가지 알려주리다. 그가 만약 삼공자를 위해 칼을 뽑았다면 천제악은 지금 교주의 자리에 앉지 못했을 것이오."

"살려주겠다, 삼백의 목숨."

신무광은 흡족하게 웃더니 말했다.

"그가 바로…… 이룡군(螭龍君)이오."

*   *   *

만장각(萬長閣)은 거대한 탑이다.

방원 오십여 장의 공간에 십 장 깊이로 초석을 다지고 무려 구 층의 건물을 올렸으니 신궁에서 이보다 높은 건물은 없다.

하지만 만장각의 진가는 내부에 있었다.

흔한 기둥 하나 없이 오직 벽돌만을 쌓아 올린 건물 내벽엔 수백만 권의 장서(藏書)가 빼곡하게 꽂혀 있었다. 여덟 명의 교주가 바뀌는 삼백 년의 세월 동안 온 천하를 뒤져 모은 장서들은 중원무림의 무공 비급에서부터 변방의 사이한 기서(奇書)들까지 없는 게 없었다.

과거 칠대 혼마였던 초공산은 이곳에서 무수한 신공을 익히고 창안하고 수련했으며 마침내 신이 되었다. 무신총이 전대 교주들의 위패를 모신 교맥의 성역이라면, 만장각은 무맥의 성역이었다.

이제 초공산의 뒤를 이어 팔대교주가 된 천제악이 만장각의 주인이었다. 과거에도 그랬고, 지금도 그랬고, 만장각은 오직 교주만을 위한 공간이었다. 천제악은 권좌를 차지하자마자 만장각에 칩거, 광활한 무학의 세계로 나아가고 있었다.

그는 황금빛 곤룡포를 입고 있었다.

굵고 짙은 눈썹에 맑은 신색을 지닌 그는 만박이 들어왔음에도 손에 든 서책에서 눈을 떼지 못했다. 탁자 위에는 이미 수백 권의 서책이 널브러져 있었다.

만박은 무릎을 꿇고 세 번 절을 한 다음 천천히 고개를 들었다. 그리고 기다렸다. 교주가 입을 떼기 전에는 그 누구도 먼저 말을 해선 안 된다.

천제악의 입이 열린 것은 일다경이 지난 후였다.

"사형들은 항상 궁금해했지요. 만장각에는 얼마나 많은 비급들이 있을까. 저도 그랬습니다. 도대체 얼마나 많은 무공을 만들고 연구하시기에 사부님께선 한 번 입각을 하면 한 달이 넘도록 바깥출입을 하지 않으시는 걸까?"

"……?"

"한데 아니었어요. 사부님께선 이곳에서 무공을 창안하고 계셨던 게 아닙니다. 사부님께선 그저 적들의 신공을 깰 단한 초식을 구하기 위해 수십 일의 시간과 정력을 쏟아부으신 거였습니다."

"원하는 것을 찾으셨습니까?"

"초마궁(超魔宮)의 궁주는 뇌강검(雷降劍)을 크게 손봐야 할 것 같군요. 이 비급이 바깥으로 흘러나가면 크게 곤욕을 치러야 할 테니까."

천제악이 한 손을 뻗었다.

그의 손에 들려 있던 서책이 십여 장의 거리를 날아와 엎드린 만박의 앞에 떨어졌다. 뇌강검은 초마궁을 제칠궁의 반열에 올려놓은 초유의 검공. 천제악이 던져 준 서책에는 뇌강검을 깰 무리가 들어 있음이 분명했다.

이걸 만박에게 주는 이유는 명확하다.

뇌강검을 깰 비초만 있으면 초마궁의 명줄을 틀어쥘 수 있다. 협상의 패로 쓸 수도 있고, 이쪽의 고수들에게 암중에 익히도록 하여 전면전이 벌어질 경우 유리한 고지를 점하게 만들 수도 있다.

천제악은 만장각에 틀어박혀 가장 빠르고 확실한 방법으로 팔마궁을 견제할 힘을 기르고 있었던 것이다. 과연 총명하지 않은가.

만박은 서책을 품속에 갈무리한 다음 말했다.

"대적이 하나 더 늘어난 것 같습니다."

"금사도를 찾아가고 있다는 그 무리를 말하는 것인가?"

"짐작하신 대로 삼공자와 각별하게 지내던 신도외 그 미지인이 이끌고 있습니다. 별호는 십병귀, 살수들 사이에서는 살아 있는 전설로 통하는 인물이지요. 산동오살은 이미 당한 듯하고, 귀환도가 이끄는 철갑귀마대 역시 전멸했습니다."

"전멸?"

"문제는 따로 있습니다. 소문이 퍼지면서 심산에 은거하던 정도무림의 생존자들이 하나둘씩 세상으로 나오고 있습니다. 사라졌던 비선이 부활할 움직임도 보이고요."

"상산검귀(常山劍鬼)를 보내시오. 유곡(幽谷)의 요괴들도 좋고, 망량(魍魎)의 천살녀들도 좋고. 쓸 만한 자들을 보내 삭초제근하시오."

천제악이 언급한 자들은 십봉룡과의 전쟁 당시 정적을 숙청할 때 요긴하게 썼던 고수들로 하나같이 타의 추종을 불허하는 살인귀들이다.

산동오살이 추적과 암습에 특화된 살수들이라면, 그들은 초절정의 무공으로 무장한 진짜 강자들이다. 추적과 암습에선 산동오살에게 밀릴지라도 정면으로 승부를 본다면 어른과 아이의 싸움이다. 천제악은 지금 십병귀를 느닷없이 돋아난 거추장스러운 독초 정도로 생각하고 있는 것이다.

하지만 그들이 과연 십병귀를 제거할 수 있을까?

만박은 아니라고 보았다.

"제게 전권을 주십시오."

"이미 신교의 대소사를 모두 처리하시는 분께서 무슨 말씀을 하시는 게요?"

"사루(四樓), 칠당(七堂), 육대(六隊)의 고수들을 보고 없이 불러낼 수 있는 권한이 필요합니다."

사루, 칠당, 육대는 천제악의 강력한 지지기반이다.

권좌를 놓고 폭풍전야와도 같은 고요함이 흐르는 지금, 신궁의 전력을 밖으로 빼낸다면 적들에겐 더없이 좋은 기회가 될 것이다.

"그 정도요?"

"어쩌면 명계(冥界)의 고인들까지 불러낼 각오를 해야 할지도 모르겠습니다."

천제악의 얼굴이 처음으로 경직되었다.

아주 옛날 혼세신교의 전대 교주들은 북방 새외를 일통하는 과정에서 세상에 알려지지 않은 사이한 마교 종파들과 부딪쳤다. 그들은 강했고, 끈질겼으며, 매우 위험했다.

하지만 한 가지, 그들은 전세를 역전시킬 만큼의 많은 병력과 그 병력을 먹일 재물을 가지지 못했다. 오로지 마공에 미쳐 평생을 마공만 연구한 미치광이들이었다.

전대 교주들은 그들이 혼세신교의 그늘에서 교맥을 이어갈 수 있도록 해주었고, 그 대가로 혼세신교의 교주를 대종사로 섬길 것과 향후 백 년간 대종사의 명령에 복종하겠다는 맹약을 받았다.

명계란 그들이 사는 금단의 숲을 말한다.

"내게 아직 말하지 않은 게 있구려."

"서거하신 전대 교주께는 비밀이 한 가지 있었습니다. 그건 바로 아무도 보지 못한, 심지어 그 존재조차 모르는 스물여덟 번째 제자에 관한 것이지요."

"스물여덟 번째 제자……!"

천제악의 눈동자가 태풍을 맞은 것처럼 요동쳤다.

이어지는 만박노사의 말은 더욱 놀라웠다.

"과거 중원무림을 침공하기 직전 교주께서는 무림의 정세를 알아보기 위해 최소한의 호위만 대동한 채 사 년에 걸쳐 중원을 돌아보신 적이 있습니다. 그리고 귀환하는 길에 황하 인근의 작은 마을에서 뜻하지 않은 광경을 만났지요. 국경을 넘어와 약탈과 살인을 일삼은 기마민족에 대항해 싸우는 한족들이었습니다. 그중에는 불과 열서너 살짜리의 아이들도 있었습니다. 용기와 기백에 크게 감복한 교주께서는 그중 한 명을 데려와 제자로 삼고 무공을 가르치셨습니다."

"그건 죽은 장벽산의 얘기가 아니오?"

"한 명이 더 있었습니다."

"……?"

"퇴각하는 기마민족을 초원지대까지 추격해 들어가서는

적들이 말에게 물을 먹이는 틈을 타 모조리 죽이고 납치당한 여자들을 구출해 낸 놈이지요. 그때 물을 차며 달려가는 놈의 그 역동적인 모습에서 교주께서는 저희가 보지 못한 무언가를 본 듯했습니다."

"십병귀……!'

"교주께서는 그 아이를 거두시었고, 당시 교주를 암중에서 호위하던 혈검조(血劍組)의 검호(劍豪) 철무극에게 주었습니다. 장벽산은 제자로 거두면서 그에 비해 전혀 모자라지 않는 놈을 철무극에게 준 것은 모두에게 의외였죠. 그때부터 놈은 철무극에 의해 암중에서 교주를 호위하는 살수로 키워졌습니다. 그리고 모두가 잊었죠. 한데 어느 날 소신은 우연한 기회에 놈이 혈검조에 있지 않다는 것을 알아차렸습니다."

"어떻게… 된 겁니까?'

"소신은 모든 정보력을 동원해 놈의 위치를 파악했습니다. 그리고 놀라운 광경을 보게 되었죠. 교주께서는 밤마다 놈과 대련을 하고 있었습니다. 그때 놈의 나이 불과 스물, 놈은 무려 오십여 초를 견뎠습니다. 놈의 무재는 실로 가공한 것이었습니다."

"철무극과 짜고 일부러 숨긴 것이군. 왜지?'

"교주께서는 십만 교도를 이끄는 신(神)인 동시에 무공에 미친 한 사람의 광인(狂人)이셨지요. 놈의 자질을 한눈에 알아본 교주께서는 무공광으로서는 욕심이 났지만 교주로서는 오히려 경계를 했던 것입니다."

"경계? 설마 그 애송이에게 권좌를 빼앗길까 봐?"

"그때 교주의 춘추 구십, 전대의 교주께서 백오십 세를 일기로 서거하신 걸 감안하면 아직도 육십 년은 더 통치하실 수 있었습니다. 그런 차에 불과 스물의 나이로 자신의 오십여 초를 견디는 괴물이 등장했으니 어찌 경계하지 않겠습니까?"

"사부는 언제나 욕심이 과했지. 그래서 죽었지만."

"본시 권력은 자식과도 나누지 않는 법이니까요."

"한데 사부께 사사했다고 해서 스물여덟 번째 제자라는 건 지나친 해석이 아닌가?"

"변고가 일어났습니다. 너무나 뛰어난 놈의 무재에 반한 나머지 교주께서는 넘지 말아야 할 선을 넘으셨습니다. 오십 종의 절예 외에도 제자들에게 나눠 주었던 자신의 진신절학 십 종을 더 가르치셨지요. 믿기 어려우시겠지만 소인이 파악한 바로는 불과 일 년 만에 스물일곱의 성군(星君)을 앞지르기에 이르렀습니다. 그의 존재를 아는 혈검조의 고수들은 그를 이룡군(螭龍君)이라 불렀지요."

이룡(螭龍)은 뿔이 없는 용, 즉 이무기를 말한다.

교주의 무공을 전수받았으되 공식적으로 제자가 되질 못한 그의 처지를 안타깝게 여겨 그리 부른 것이다.

"그런 말도 안 되는……!"

"교주께서는 장고 끝에 놈을 제거하기로 하셨습니다. 한데 놈을 제거하러 간 날 교주께서는 자신을 상대로 백여 초를 버티는 놈을 보게 된 겁니다. 교주께서는 갈등하셨고, 결국 놈을 살려주셨습니다. 이후 밤마다 찾아가 놈과 대련을 했고, 그때마다 후회하셨습니다. 죽이려다 살려주고, 죽이려다 살려주기를 수십 번이나 반복하던 어느 날 교주께서는 노신의 힘을 빌려 놈을 제거하라는 명령을 내렸습니다. 하지만 제가 찾아갔을 때 놈은 사라지고 난 후였지요. 이후 놈을 찾기 위해 신궁을 모두 뒤졌지만 찾을 수 없었습니다."

"장벽산의 짓이군."

"더 무서운 것이 있습니다. 교주께서 놈을 숨겨두고 밤마다 찾아가 대련을 한 곳이 바로 이곳 만장각입니다."

"……!"

第九章 장강을 넘다

엽무백은 비조선을 타고 북쪽 호구(湖口)로 나아갔다. 용이 지나간 흔적처럼 깊숙이 뻗은 물줄기를 따라 십 리 정도 달렸을 때는 보름달이 중천에 뜬 상태였다.

진자강을 제외하곤 모두가 한서(寒暑)와 명암(明暗)에 구애받지 않는 고강한 무예의 소유자들이었지만, 그렇다고 해서 밝은 달이 반갑지 않은 것은 아니었다.

거기서 다시 샛강을 타고 동쪽으로 흘러갔다.

파양호는 장강에 인접해 있다. 이대로 구강을 따라가면 곧장 장강에 닿겠지만 어둠 속에 웅크리고 있을 교룡채의 배들과 불필요한 소모전을 벌이고 싶지 않았다.

하루가 꼬박 지나 다시 밤이 되었다.

달과 별과 바람을 지붕 삼아 한참을 달리자 갑자기 바람이 달라졌다. 깜깜한 밤중에도 시야가 확 트이며 검게 넘실대는 거대한 평원이 앞을 가로막았다.

장강(長江)이었다.

저 멀리 청해(靑海)의 동토에서 발원하여 대륙을 양단해 흐르는 동안 수많은 도시와 생업방회를 만들고 강남과 강북의 풍습까지 바꿔 버린 거대한 자연의 장벽.

고요한 밤중인데도 장강의 파도는 파양호 못지않게 넘실댔다. 끝이 보이지 않는 시커먼 강물을 보고 있자니 엽무백도 마른침이 저절로 넘어갔다.

엽무백은 일단 배를 뭍에 대게 한 다음 사람들을 둘러보았다. 황벽도에서 진자강을 만난 이후 복주에서 조원원, 남창에서 법공에 이어 파양호에서 당소정이 가세해 일행은 이제 다섯으로 늘어났다.

다섯 명이 타고 장강을 건너기에 비조선은 너무 좁고 위험했다. 특히 법공은 이 인분이다. 별로 필요도 없는 게 맨 뒷자리를 떡 하니 차지하는 바람에 비조선은 머리까지 살짝 들린 상태였다.

"왜 날 쳐다보는 거지?"

법공이 지레짐작으로 말했다.

"이대로 가면 강심에 이르기도 전에 배가 전복될 거야. 강폭은 어림잡아도 십 리. 파도와 싸워가며 십 리를 건너갈 순 없어. 그럴 이유도 없고."

"그래서 나더러 내리라고?"

"그래."

"내가 왜?"

"몰라서 물어?"

"싫다면?"

엽무백은 법공을 제외한 나머지 사람들을 쓸어보며 말했다.

"한 가지 분명하게 해둘 것이 있는데, 나와 함께 가려면 무조건 내 말을 따라야 한다. 그게 싫다면 누구든 지금 떠나라. 이후로는 어떤 불만이나 항명도 받아주지 않겠다."

한밤중 장강을 앞둔 엽무백의 입에서 흘러나온 말은 서늘하기 짝이 없었다. 그건 경고인 동시에 확답을 받기 위한 강요였다.

조원원과 진자강은 애초부터 각오를 했기에 연신 고개를 주억거렸다. 당소정은 말없이 엽무백을 응시하기만 했다. 일단은 좀 더 지켜보겠다는 표정이었지만 토를 달지 않음으로써 사실상 동의를 표시한 셈이었다.

법공은 달랐다.

"나도 진작부터 한 가지 짚고 넘어가고 싶은 게 있는데, 난 금사도가 궁금하기도 하고, 또 네 곁에 있으면 마교 놈들이 꼬여들 것 같아서 동행하는 것일 뿐, 네 수하가 아냐."

"나도 너 같은 꼴통새끼는 수하로 삼을 생각이 없어."

법공이 슬그머니 자리에서 일어났다.

눈동자에서는 살광이 넘실넘실 흘러나왔다.

전신에서 뿜어져 나오는 기세가 예사롭지 않았다.

조원원은 이게 뭔 일인가 싶어 발딱 일어나 두 사람을 말리려 했다. 당소정이 황급히 조원원의 소맷자락을 끌어당겼다. 조원원이 아래를 내려다보니 당소정이 고개를 가로젓고 있었다.

'나서지 마세요.'

'하지만…….'

당소정은 다시 한 번 고개를 가로저었다.

조원원은 의아했지만 자신이 모르는 무언가가 있는 것 같아 일단 지켜보기로 했다.

그사이 법공이 비조선에서 내렸다.

그는 엽무백과 일 장의 거리를 두고 양발을 벌린 채 섰다. 두 손은 아래로 축 늘어뜨린 상태였다. 저게 법공이 싸우기 직전의 자세다. 저 손이 올라가는 순간 허리춤에 꽂혀 있던 두 자루 곤이 뽑히면서 가히 폭풍과도 같은 난사가 이루어지는 것이다.

"방금 뭐라고 했지?"

"왜, 처음 듣는 말인가? 네 주변에 있던 사람들은 안목이 없군. 천하의 꼴통새끼를 몰라보다니."

법공의 눈동자에서 화염이 줄기줄기 쏟아져 나왔다. 옷자락이 부풀어 올라 그러잖아도 큰 상체가 더욱더 위압적으로 변했다.

반면, 엽무백에게선 북풍한설과도 같은 한기가 뿜어져 나와 법공의 열기를 얼려갔다. 살짝만 건드려도 한 자루 칼로 변해 상대방을 난자할 것만 같은 긴장감이 전신에서 흘러넘쳤다.

두 사람에게서 폭사되는 가공할 살기에 진자강은 진저리를 쳤고, 조원원은 어금니를 꽉 깨물어야 했다. 내공이 깊은 당소정만은 무심한 표정으로 상황을 지켜보고 있었다.

"뽑아라!"

일촉즉발의 순간 엽무백이 말했다.

이건 경고다.

쌍곤을 뽑는 순간 너는 죽을 거라는 경고.

법공의 두 눈이 툭 튀어나왔다.

엽무백이 엄청난 무공의 소유자라는 건 안다. 하지만 곤으로만 한정한다면 절대로 지지 않을 자신이 있다. 무림의 태산 북두 소림에서도 제일곤으로 추앙받던 자신이 아닌가.

비록 금적무와의 대결에서 자신은 우세를 점하지 못한 반면 엽무백은 단 일수에 쳐 죽이는 놀라운 신위를 보였지만, 그걸로 우열을 말할 수는 없다.

무림인들 간의 승부란 타인과의 싸움 결과에 빗대어 말하는 것이 아니다. 사람마다 기질과 무공류가 다르고 천적이란 얼마든지 존재할 수 있으니까.

한데 이상하게도 곤을 뽑을 수가 없다.

분명 살기는 아닌데, 그보다 더한 압박감이 엽무백의 전신에서 뿜어져 나와 법공을 짓누르고 있었다. 흡사 집채만 한 바위에 깔린 듯한 기분이었다.

그 순간, 엽무백이 일말의 경고도 없이 훅 다가왔다. 태산이 밀려오는 듯한 압박감에 법공은 저도 모르게 한 발자국을 뒤로 뗐다. 뒤늦게 실책을 깨닫고 다시 앞으로 슬쩍 옮겨놓았지만 이미 늦었다. 법공은 자신의 발모가지를 잘라 버리고 싶었다.

"제기랄, 대체 나한테 왜 그러는 거야?"

법공이 버럭 소리를 질렀다.

전신을 에워싸던 살기는 흔적도 없이 사라지고 난 후였다.

"넌 내 명령을 따르지 않았다."

"배 밑창을 뜯어내래서 다 뜯어냈는데 무슨 소리야?"

"난 분명, 점장대로 올라온 다음 철갑귀마대를 상대하라고 했다. 한데 넌 명령을 어긴 것도 모자라 나와 금적무의 싸움에 끼어들었지. 내가 너의 등을 뚫을 뻔했다는 건 알고 있나?"

"이겼잖아. 이겼으면 됐지 뭘 그래. 남자가 쪼잔하게시리."

"전투는 흐름이다. 네가 그 흐름을 뒤섞는 바람에 비선의 생존자가 최소한 셋은 더 죽었다."

"무슨 그런 말도 안 되는……!"

"그러니까 꼴통새끼라는 거다. 싸울 줄만 알고 이기는 법을 모르는 놈. 그게 바로 너다. 무림맹이 그토록 많은 절세고수를 보유하고서도 왜 혼세신교의 마병 앞에서 속수무책으로 당한 줄 알아? 단지 수적으로 밀려서? 아니면 신비로운 마공 때문에? 천만에. 그건 바로 너 같은 놈들 때문이다. 하나로 뭉치지 못하고 따로따로 싸웠지. 전쟁과 생사결은 달라. 금사도는 관심없고 마교도와 실컷 싸우는 게 목적이라고 했나? 이제 놈들도 곤왕의 존재를 알았을 테니 혼자 다녀도 심심할 일은 없을 것이다. 그만 가라."

법공은 바보가 아니다.

오히려 범인의 기준에선 천재다.

다만 그 역량이 엽무백을 따르지 못해 구박을 받고 있을 뿐. 엽무백의 서늘한 경고와 분석에 법공은 석상처럼 굳어버렸다. 좌중이 찬물을 끼얹은 듯 고요했다. 침묵이 한참 흐른 후에 법공이 말했다.

"내가 어떡하면 되겠나?"

"필요없어. 지금 당장은 모면해도 언젠가는 또 그럴 거야. 너 같은 놈들을 잘 알지. 사람의 본성은 바뀌지 않아."

"강시(僵屍)가 되겠다."

"……?"

"네가 뛰라면 뛰고. 멈추라면 멈추겠다. 그럼 되겠나?"

말과 함께 법공이 두 손을 앞으로 쭉 뻗더니 폴짝폴짝 뛰며 엽무백의 주변을 돌았다. 조원원의 입에서 '풉!' 하고 웃음보가 터지더니 곧 진자강도 숨죽여 킥킥거리기 시작했다. 당소정은 터지는 웃음을 참느라 얼굴이 벌게졌다.

"이게 뭐하는 짓이야!"

엽무백이 버럭 고함을 질렀다.

법공은 여전히 강시 흉내를 내며 엽무백의 주변을 맴도는 와중에 품속에서 무언가를 꺼내 척 내밀었다.

"이게 뭐야?"

"염주다. 석년에 사부님께 받은 유품이지. 내가 유일하게 무서워하는 것. 네 말대로 내가 또 꼴통 짓을 하면 이걸 들이 밀어라. 그때마다 네게 세 번 절을 하겠다."

엽무백은 기가 막혀 말이 나오질 않았다.

"지금은 한 사람이 아쉬운 판국이에요."

조원원이 말했다.

"조 소저의 말이 맞아요. 곤왕 같은 고수는 쉽게 얻을 수 없어요. 그가 반드시 필요해요."

당소정까지 나서서 법공을 거들었다.

상황이 이렇게 되니 엽무백도 더는 어쩔 수 없었다.

"가서 대나무나 잘라와!"

"대나무는 왜?"

법공이 뜀박질을 멈추고 물었다.

"이것 봐. 금방 또 까먹잖아."

"간다고, 가. 성질도 급해라."

법공이 쏜살같이 사라졌다.

조원원과 진자강은 배를 잡고 데굴데굴 굴렀다.

"진자강, 모닥불을 피워."

"옙!"

진자강이 벼락처럼 뛰어갔다.

엽무백의 말이라면 무조건 시키는 대로 하는 녀석이었다. 하지만 조원원은 달랐다. 굳이 분류를 하자면 그녀는 법공에 가까웠다.

"추격자들이 있을지 몰라요. 모닥불을 피우면 눈에 띄게 돼요."

"이미 늦었어요. 수상한 자들이 따라붙었어요."

대답을 한 사람은 당소정이었다.

"언제부터……?"

"호수를 빠져나올 때부터. 한 명일 때도 있고, 서너 명일 때도 있고. 정확한 숫자를 추산할 수가 없어요. 하지만 스무 명은 확실히 넘어요. 하나같이 상상도 할 수 없을 만큼 고도의 은신술을 지녔어요. 살수로 나갔다면 모두 대륙을 떨어 울렸을 거예요."

조원원은 깊은 절망감을 느꼈다.

당소정은 추격을 당한 시점은 물론 대략이나마 숫자까지 추산하고 있거늘 자신은 왜 추격의 기미조차 알아차리지 못했단 말인가.

"천망이야. 싸움에는 절대 관여하지 않고 일정한 거리에서 목표물을 뒤따르지. 천망에게 걸리면 방법이 없어. 지옥 끝까지라도 따라붙는 놈들이니까."

엽무백이 말했다.

"호수를 빠져나올 때부터 따라붙었다면 파양호에 당도해 있었다는 얘기잖아요. 힌데 왜 점장대에서 전투가 벌어지는 동안 보고만 있었죠?"

"말했잖아, 그들은 절대 싸움에 관여하지 않는다고. 오직 적의 위치를 파악해 아군에게 알려주는 것만이 그들의 임무지. 무공 또한 추격과 은신에 특화되었고."

조원원은 할 말을 잃었다.

가까스로 철갑귀마대의 추격을 끊었다고 생각했는데, 이렇게 되면 철갑귀마대를 몰살하는 대가로 음지에서 양지로 나온 셈이 아닌가. 엽무백의 말처럼 천망에 걸려든 이상 이제부터는 언제 어디서 튀어나올지 모르는 마교의 고수들을 상대해야 한다.

진짜 싸움이 시작된 것이다.

잠시 후, 법공이 굵은 왕대를 한아름이나 안고 나타났다. 그가 왕대를 모닥불 근처에 부러 놓으며 말했다.

"놈들이 점점 가까이 다가오던걸."

조원원은 또 한 번 놀랄 수밖에 없었다.

싸움밖에 모르는 저 무식한 불곰도 적들의 추격을 눈치채고 있었던 것이다. 무엇보다 그는 엽무백이 당연히 알고 있을 거라는 걸 전제로 했다. 엽무백, 법공, 당소정 사이에는 그들만의 공감대가 있는 것이다.

"신경 끄고 대나무나 잘라."

"몇 개나?"

"대충 넉넉하게 잘라봐. 길이는 일 장 정도로 하고."

"그거야 간단하지."

법공은 허리춤에서 도끼날 하나를 척 꺼내 곤에 장착을 하더니 바닥에 쭈그리고 앉아 대나무를 찍어대기 시작했다.

엽무백은 가장 굵은 대나무 두 개를 골라 진자강이 피워둔 모닥불에 구웠다. 잠시 후 대가 낭창낭창해지자 칼처럼 완만한 각도로 구부렸다.

이어 법공이 미리 잘라놓은 대나무와 함께 우물 정(井) 자로 튼튼하게 엮은 다음, 불에 구부린 대나무 두 개를 위로 오게 해 비조선의 난간에 얹었다. 그러자 날개에 해당하는 대나무 두 개가 양쪽 수면에 반쯤 잠겼다.

"이게 뭐야?"

법공이 말과 함께 배에 슬쩍 올라가 보았다.

앞서와 달리 비조선은 끄떡도 하지 않았다. 앞이 들리지도 않았고 뒷부분이 가라앉지도 않았다. 수면에 잠긴 대나무로 말미암아 배의 부력이 비약적으로 높아졌고, 좌우의 흔들림도 잡혔다. 장강이 아니라 바다로 나가도 걱정 없을 것 같았다.

사람들은 너나 할 것 없이 입이 쩍 벌어졌다.

엽무백은 언제 물에 잠길지 모르던 비조선을 대나무 네 조각으로 간단하게 바다도 긴널 수 있는 선박으로 바꿔 버린 것이다.

"대단한 솜씬걸."

법공이 말과 함께 엽무백을 바라보았다.

엽무백은 말없이 밤하늘을 올려다보고 있었다.

사람들도 따라서 밤하늘을 올려다보았다. 보름달을 가운데 두고 별이 총총 돋은 밤하늘엔 어디서 날아왔는지 모를 박쥐들만 이따금 휙휙 날아다닐 뿐이었다.

"지금 가야 해요."

당소정이 말했다.

가자가 아니라 가야 한다다.

그사이 적들에게 뭔가 변화가 있다는 뜻이다.

한데 엽무백은 하늘만 바라보고 있었다.

"기다려."

"바람에 기이한 소리가 섞여 있어요. 뭔가 심상치 않은 일이 벌어지고 있는 게 분명해요."

당소정의 말에 사람들이 귀를 쫑긋거리며 소리를 들으려고 애썼다. 하지만 아무도 듣지 못했다. 독과 암기를 다루는 예민한 감각의 소유자인 당소정이 아니면 들을 수 없는 소리였다. 한 명이 있긴 있었다.

"암향봉이 날갯짓하는 소리야."

엽무백이 말했다.

당소정은 소스라치게 놀랐다.

"암향봉이 뭐요?"

법공이 팔꿈치로 조원원의 옆구리를 쿡쿡 쑤시며 속삭였다. 조원원이 두 눈을 끔벅이며 답했다.

"몰라요."

오직 만년설로 뒤덮인 천산 꼭대기에서만 드물게 자란다는 요초가 있다. 이름은 암향초. 그 꽃을 암향화라고 하는데 워낙 귀한데다 일체의 향이라곤 없어서 이런저런 잡벌들은 암향초가 개화를 했다는 것조차 모른다.

만물의 조화는 참으로 신비로워 오직 이 꽃의 꿀 냄새만 귀신같이 맡고 찾아다니는 벌이 있다. 바로 암향봉이다.

꽃이 귀한 만큼 암향봉의 후각 능력과 비행 거리는 곤충의 수준을 초월한다. 아무리 미세한 향이라도 물경 백 리까지 추적이 가능하다.

천망은 바로 이 암향초와 암향봉을 추종술의 수단으로 사용한다. 암향초에서 채취한 꽃가루에 모종의 착향제를 배합해 상대의 몸에 묻혀놓고 암향봉을 푸는 것이다.

옷을 벗어 태워도 소용없고, 목욕을 해도 소용없다. 한번 착향된 암향초의 향기는 무려 백 일을 간다.

일종의 천리취향인 셈인데, 가공할 위력의 향인만큼 만들기가 하늘의 별 따기다. 천밍은 연인원 수백 명을 동원해 겨우 눈물 한 방울만큼의 정화를 얻는다고 한다. 당연하게도 그

사용처는 극도로 제한된다.

지난날 천망은 암향초를 딱 두 번 사용했다.

첫 번째 비운의 죽음을 맞이한 무림맹주를 추격할 때. 두 번째, 아직도 정도무림인들의 가슴에 협객의 표상으로 남아 있는 패도를 추격할 때. 두 사람의 죽음엔 천망의 암향초가 결정적인 영향을 끼쳤다고 해도 과언이 아니었다.

그리고 지금, 천망은 엽무백을 잡기 위해 암향초를 쓰고 있다. 혼세신교가 엽무백을 어떻게 바라보는지를 알 수 있는 대목이었다.

"도대체 언제 착향을⋯⋯?"

당소정은 신음하듯 말했다.

암향초는 귀한 만큼 착향을 할 때 반드시 직접 손을 쓰는 방식을 취한다. 추격하고자 하는 대상을 찾아가 정확하게 묻히는 것이다.

가장 쉬운 건 옷자락을 스치는 것인데, 과감하게 행동할 때는 살점에 직접 묻히기도 한다. 최선의 경우는 상대가 먹는 음식에 타는 것이다.

추격하는 자에게 최선은 추격을 당하는 자에게는 최악이다. 뱃속으로 들어가 피와 땀으로 발산되는 암향초의 향은 사람을 통째로 삶아도 지워지지가 않는다.

"점장대에서 싸울 때야. 천망의 요원들이 신분을 감추고 있었을 거야."

"하지만 당신의 병기가 만든 전권을 뚫고 들어온 사람은 아무도 없었어…… 설마!"

"인질들 중에 한 놈이 있었겠지."

"당신이 인질들을 지근거리에서 보호할 걸 계산하고 일부러… 천망은 정말 무서운 곳이로군요."

"왜 나라고 생각하지?"

"무슨……?"

"천망의 요원 따위는 내 몸에 감히 손가락 하나 댈 수 없어. 난 그들을 너무나 잘 알고, 그들 역시 내 무서움을 알기 때문이지."

"하면……."

"당신들 중 한 명이야. 그게 천망 입장에서도 위험을 피하고 성공률을 높이는 길이지."

당소정은 물론이거니와 조원원, 진자강 심지어 법공까지도 얼굴이 누렇게 변했다. 듣자 하니 무시무시한 천리취향의 일종 같은데, 그게 자신들 중 하나의 몸에 붙었다면 유사시 도망을 갈 수도 없지 않은가.

밤에는 벌, 낮에는 천웅. 거기에 고도의 훈련을 받은 천망의 추격자들이 밤낮으로 시켜보고 있다. 밀리 길 것도 없다. 하루, 딱 하루만 더 추격을 하는 데 성공하면 엄청난 고수들이 등장할 것이다.

이건 언제 죽을지 모르는 것과도 같았다.

그 순간 세상이 완벽한 암흑으로 변해 버렸다. 커다란 먹구름이 달과 별을 모두 집어삼켜 버린 탓이었다.

"지금이야."

말과 함께 엽무백은 한 손으로 쥐기도 어려울 만큼 굵은 왕대를 사람들에게 던져 주었다. 파양호를 빠져나와 여기까지 오는 동안에도 노는 계속 진자강이 저었다. 엽무백이 근력을 키워야 한다며 힘쓰는 일은 모두 진자강에게 맡긴 탓인데, 이번엔 모두에게 나눠 주었다.

그만큼 급박하다는 얘기다.

법공이 바닥을 힘차게 찍자 배가 강으로 나갔다. 사람들은 모두 자리를 잡고 앉아 장대의 중동을 잡고 노처럼 젓기 시작했다. 하나같이 절정의 고수들이다. 내공을 실은 노질에 배는 화살처럼 빠른 속도로 미끄러지기 시작했다.

*   *   *

한 치 앞을 분간할 수 없는 밤.

물결치는 장강 위에는 적지 않은 먹빛 그림자들이 퍼져 있었다. 오십여 장의 간격을 두고 가라앉을 것처럼 수면에 납작

엎드려 잠행을 하는 그림자들은 다름 아닌 비조선이었다.

돌덩이를 실어 선고를 수면과 거의 차이가 없도록 낮춘 탓에 대낮에도 가까운 거리가 아니면 발견을 하기가 쉽지 않다. 멀리서 보면 파도 같기도 하고, 통나무가 떠 있는 것 같기도 한 것이다. 하물며 칠흑처럼 깜깜한 밤인 바에야 두말할 것 없다.

권운은 눈살을 찌푸렸다.

아까부터 암향봉의 날갯짓 소리가 불규칙적으로 바뀌었다. 벌들이 당황하고 있는 것이다.

왜일까?

암향봉은 이지(理智)가 없다. 오직 본능에 의지해 암향초의 향기만을 쫓아간다. 놈들이 당황할 때는 한 가지뿐이다. 목표물을 놓쳤을 때.

"어떻게 할까요?"

같은 비조선에 타고 있던 수하가 물었다.

그도 뭔가 이상한 낌새를 알아차린 모양이었다.

그때쯤 암향봉 중 일부가 사방으로 흩어지기 시작했다. 놓쳐 버린 암향초의 향기를 찾기 위해 정찰대를 보내는 것이다.

권운은 결단을 내려야 했다.

암향봉이 다시 목표물을 찾을 때까지 기다릴 것인가. 아니면 위험을 무릅쓰고 놈들이 탄 배를 뒤져 볼 것인가.

벌써 강심에 이르렀다.

우연히 생긴 일일 리 없을 터, 더 늦기 전에 원인을 파악해야 했다. 권운은 후자를 택했다.

"접근한다."

화르륵!

권운이 탄 배를 시작으로 오십여 장 간격을 두고 횃불이 밝혀졌다. 칠흑같이 어두운 밤 장강에 떠 있던 수십 개의 횃불이 포위망을 형성하며 일제히 한 방향으로 향했다.

이윽고 방원 십여 장의 원으로 뭉쳤을 때 원 안에는 대나무를 우물 정(井)으로 얹어 만든 비조선 한 척이 떠다녔다. 비조선은 텅 비어 있었다.

"잠추(潛追)!"

권운의 입에서 다급한 명령이 떨어졌다.

한 사람이 품속에서 팔뚝 길이의 대통을 꺼내더니 끄트머리에 불을 붙였다. 대통은 맹렬한 불꽃을 뿜어내며 사방을 밝혔다. 사내는 대통을 든 채로 물속으로 풍덩 뛰어들었다.

대통은 물속에서 계속해서 불꽃을 뿜어냈다.

덕분에 먹물처럼 검던 수중이 환하게 빛났다.

잠시 후 대통의 불씨가 꺼질 무렵 수부가 머리를 내밀었다.

"없습니다!"

"양섬(揚閃)!"

또다시 떨어지는 다급한 명령.

슈슈슈슉, 펑펑펑펑……!

십여 개의 폭죽이 각기 다른 방향으로 날아가 터지기 시작했다. 한순간 방원 수백 장이 대낮처럼 밝아졌다. 폭죽은 백여 발이 넘도록 계속해서 터졌지만 출렁이는 장강의 물결 위엔 아무것도 보이지 않았다.

속았다.

놈들이 정성 들여 비조선을 개조하는 걸 보고 당연히 비조선을 통해 장강을 건널 거라 생각했거늘, 그게 방심을 유도하기 위한 술수였을 줄이야.

"빌어먹을!"

＊   ＊   ＊

"미친놈들. 우라지게도 쏴대는구나."

수면 위에 동동 떠다니는 법공의 머리가 말했다. 철곤 두 자루에 도끼날이 두 개. 어지간히 물질에 익숙한 사람도 이 정도의 쇳덩이를 몸에 지니면 제아무리 맹렬하게 손발을 놀린다고 해도 가라앉을 수밖에 없다.

하지만 법공은 유유자적했다.

왼손에 움켜쥔 장대 때문이었다.

다른 사람들도 마찬가지였다.

조원원, 당소정, 진자강은 엽무백이 준 장대에 의지해 장강을 건너고 있었다. 저 멀리 놈들이 폭죽을 미친 듯이 쏴대며 사위를 밝히는 것이 보였다.

사정은 이랬다.

애초 배를 강물에 띄운 엽무백은 머지않아 배를 버리고 물속으로 뛰어들었고, 그때부터는 배가 흘러가는 반대쪽으로 잠영을 하기 시작했다.

한 번 물 밖으로 나와 숨을 쉬고 들어가면 다들 일각 이상은 버티었다. 진자강은 대나무에 구멍을 뚫어 그 공기를 마시게 했다. 암향봉이 방향을 잃고 흩어진 것은 이 때문이었다.

"귀신같은 작전이었어요."

당소정이 맑갛게 웃으며 말했다.

흠뻑 젖어 이마에 착 달라붙은 머리카락이 그렇게 청초할 수 없었다.

"그런데 이게 소용이 있나? 암향봉이 금방 냄새를 맡고 따라올 텐데."

법공이 말했다.

"한나절 정도는 벌 수 있어."

"한나절 후에는?"

"암향초의 유일한 약점은 모든 나는 것들 중에서 가장 느린 벌을 이용해 추격한다는 거지. 경공을 펼쳐 전속력으로 달리면 하루 정도는 더 거리를 벌릴 수 있어."

"그럼 하루하고 한나절 후에는 어쩔 거야? 설마, 주구장창 달리자는 얘기는 아니겠지?"

"암향을 씻어내야지."

"암향을 제거하는 방법이 있다고?"

"당신은 알 거 같은데."

엽무백이 당소정을 돌아보며 물었다.

당소정은 한참을 생각하더니 말했다.

"유황(硫黃)으로 씻어내면 가능하긴 한데, 그러려면 엄청난 양의 유황과 최소 사흘의 시간이 필요해요."

"대별산(大別山)에 유황 온천이 있어. 며칠 쉬었다 가자고."

사람들은 입이 떡 벌어졌다.

이제부터 개고생 끝에 죽겠구나 싶었는데 이렇게 간단하게 해결될 줄이야. 엽무백의 기발한 생각에 다들 꿀 먹은 벙어리가 되어버렸다.

"걸핏하면 병 줬다가 약 줬다가. 참."

법공이 툴툴거렸다.

*   *   *

대별산은 호광성과 남직예를 남북으로 양단하며 달리는 산맥의 약칭으로 길이가 장장 칠백 리에 이른다. 거대한 산맥이 으레 그렇듯 산세는 험악하고 계곡은 깊으며 골골마다 전설이 가득했다.

엽무백이 일행을 이끌고 간 곳은 그중 한 골짜기에서 내려온 계곡물이 지하에서 샘솟는 온천과 만나는 죽림(竹林)이었다.

지하로 흐르는 온천 때문인지 숲은 땅에서 올라오는 수증기로 온통 몽환적인 별세계였다. 수증기 속에는 유황 성분이 가득해 매캐한 냄새가 코를 찔렀는데, 바로 그 수증기가 대나무에 흡착되어 숲이 온통 누르스름한 서리가 내린 것 같았다.

따뜻한 수증기와 유황은 다른 식물의 생육에도 영향을 주어 죽림엔 바깥에선 볼 수 없는 온갖 기화요초들이 자라고 있었다.

그리고 목옥이 한 채 있었다.

켜켜이 쌓은 굵은 대나무를 칡넝쿨로 엮어 만든 목옥은 적지 않은 세월의 풍상을 겪은 듯 초라했다. 하지만 이끼 하나 없이 정갈했으며 온천이 샘솟는 작은 소(沼)를 연한 마당엔 풀 한 포기 자라지 않았다.

마당 한가운데는 대나무를 엮어 만든 커다란 의자가 놓여 있었다. 팔걸이까지 있는 커다란 대나무 의자는 단순히 엉덩이를 붙이기 위한 것이 아닌, 양광을 쬐고 사색에 잠기어도 좋을 만큼 편안해 보였다.

무엇보다 엉덩이와 팔이 닿았던 부분이 파리도 미끄러질 만큼 맨질맨질했다. 불과 얼마 전까지만 해도 누군가 앉았다는 증거다.

"이런 곳에 집이 있었네."

조원원이 말했다.

"지금도 사람이 사는 곳 같아요."

당소정이 말했다.

이 정도의 인기척이면 안에서 들릴 법도 했지만 바깥을 내다보는 사람은 없었다. 아마도 출타 중인가 보다.

"먹을 거 좀 없을 거나?"

아무도 없다는 것을 알아차리자 법공은 스스럼없이 걸어가 안방과 부엌을 살폈다. 하지만 방 안 가득 늘어놓은 이름 모를 약재와 다리다 만 탕약 찌꺼기만 가득했다.

"이거라도 한 그릇씩 할까?"

법공이 약탕기 두어 개를 들고 나와 말했다.

"제정신이에요? 그게 무슨 약일 줄 알고."

조원원이 기가 막힌다는 듯 말했다.

"약이라면 죽지는 않을 거 아냐? 혹시 아오? 소저의 창자

속에 자라고 있던 종기가 저도 모르는 사이에 치료가 될지? 덤으로 배도 부르고."

"그게 무슨 밑도 끝도 없는 소리예요?"

"배가 고프니까 그러지. 저 인간이 이틀째 아무것도 안 먹이고 주구장창 뜀박질만 시켰다는 걸 좀 상기했으면 좋겠소만."

법공이 조금 떨어진 곳에서 숲과 목옥을 살피는 엽무백의 뒤통수를 턱으로 힐끗 가리키며 말했다. 엄살이 아니다. 한 끼라도 굶으면 힘이 쫙 빠지는 법공은 돌이라도 씹어먹을 지경이었다. 다른 사람들도 배고프고 지치긴 마찬가지였다.

당소정이 약탕기를 받아 들더니 냄새를 맡고 손가락으로 찍어 맛을 보았다. 법공과 진자강이 마른침을 꼴딱 삼키며 당소정을 응시했다. 진자강도 보약이라면 한 그릇 할 용의가 있었다.

"이건……!"

"왜? 뭐?"

"독약이에요."

"……!"

"……!"

"하지만 살상용이 아니에요. 뭔가 치료를 할 요량으로 만드는 것 같은데, 저로서도 난생처음 보는 배합법이에요. 정체

를 모르는 약재들도 많고. 짐작하건대 모종의 치료약을 알아
내기 위해 약재를 만들어가는 과정에 있는 것 같아요."

이독제독(以毒制毒)이라는 말이 있다.

독을 독으로써 다스린다는 뜻인데, 강한 독을 써서 몸 안에
난 고질병을 몰아내는 원리다. 독을 약으로 사용해야 할 정도
면 환자의 병이 골수까지 미쳤으리라.

사람들은 목옥에 살고 있는 사람의 정체가 궁금해지기 시
작했다. 하지만 엽무백은 그런 것 따윈 아랑곳하지 않았다.

"당분간 여기서 먹고 잔다. 머지않아 놈들이 암향을 쫓아
올 거야. 내가 예상하는 시간은 사흘, 그 안에 충분히 몸을 담
가 향을 빼낸다."

"집주인의 허락도 없이 이렇게 해도 될까요?"

당소정이 물었다.

"사람이 있어야 양해를 구할 거 아니겠소. 설사 거절을 한
다고 해도 어쩔 수 없는 노릇이고."

"아무래도 중병을 앓는 사람이 있는 것 같아요. 우리 때문
에 애꿎은 양민이 피해를 볼 수도 있어요."

"온천이 솟아오르는 곳은 여기밖에 없소. 아니면 땅을 파
야 하는데, 그러고 있을 시간도 없고."

엽무백은 다시 사람들을 돌아보며 말했다.

"응달이 깊은 곳을 뒤져 보면 죽순이 있을 거야. 뽑아서 배

들 채우고 온천욕이나 하고 있어. 그럼 사흘 후에 보자고."

말과 함께 엽무백은 주인도 없는 목옥의 방문을 벌컥 열고 들어가 버렸다. 말이 떨어지기 무섭게 법공은 숲으로 쏜살같이 사라졌다. 죽순을 캐러 가는 것이다.

당소정, 조원원, 진자강은 떨떠름한 표정을 지었다. 허락을 구하지 않는 건 둘째치고, 주인도 없는 방문을 거침없이 열고 들어가 앉다니. 이건 무뢰배들이나 하는 짓이었다.

'뭔가 알고 있어.'

당소정의 머릿속에 떠오른 생각이었다.

어쨌건 사흘 후라는 건 사흘 동안 나오지 않을 테니 부르지 말라는 뜻이다. 아마도 운기행공을 할 모양이었다.

지금도 적수를 찾을 수 없을 만큼 강한 그가 운기행공을 하겠다는 건 뭔가 더 넓은 경지로 나아가겠다는 뜻, 앞으로 만날 적들에 대한 대비를 하려는 것이다.

사람들은 소를 돌아보았다.

허연 수증기가 뭉게뭉게 올라오는 소는 흡사 커다란 가마솥 같았다. 대여섯 명이 들어가 앉으면 딱 맞았다.

당소정과 조원원은 서로를 돌아보았다.

진자강이 아무리 어리다고는 하나 남녀가 유별하거늘 탕안에 함께 들어가 앉기는 좀 민망했던 것이다. 한데 영악한 진자강이 분위기를 감지했다.

"에따, 모르겠다."

진자강은 웃통을 홀렁홀렁 벗어젖히더니 물놀이를 하는 어린아이 마냥 코를 잡고 풍덩 뛰어들었다. 물이 사방으로 튀었다. 하지만 곧 시뻘게진 얼굴로 튀어나왔다.

"앗! 뜨거라!"

조원원이 깔깔 웃어젖혔다.

당소정도 손으로 입을 가리고 미소를 지었다.

第十章

강호기인이사록(江湖奇人異事錄)

달빛이 내리쬐는 밤, 초로의 노인 하나가 산길을 걷고 있었다.

　허리춤에 매달린 표주박이며, 폐가의 창호지처럼 너덜너덜 찢어진 죽립, 반질반질 윤이 나는 죽장, 본래의 색을 알 수 없을 만큼 바랜 바랑까지, 노인의 몸 곳곳에선 평생을 풍찬노숙으로 살아온 사람의 이력이 물씬 묻어났다.

　노인은 기암괴석이 어우러진 주위의 풍경을 보며 홀로 읊조렸다.

　"지세를 보아하니 요괴가 살 땅이로다."

요괴 따위를 무서워했다면 칠십 년이나 되는 세월 동안 강호를 주유하지 않았을 것이다. 오히려 요괴를 만날 수 있다면 천 리 길도 마다치 않고 찾아갈 사람이 바로 그였다.

"오늘은 요괴를 만날 운이 있으려나? 껄껄껄."

노인은 호탕하게 웃으며 걸음을 재촉했다.

하지만 그런 그도 갑작스럽게 내리는 비는 어찌할 수가 없었다. 빗방울이 하나둘 듣기 시작하더니 순식간에 장대비로 변했다.

비를 피할 장소를 찾기 위해 사방을 둘러보던 그는 산비탈에 자리 잡은 산묘(山墓) 한 채를 어렵지 않게 발견할 수 있었다.

산묘는 산신에게 제사를 지내기 위해 사람들이 지어놓는 일종의 사당이다.

반가운 마음에 서둘러 달려가던 노인이 우뚝 걸음을 멈추었다. 눈동자에서는 기광이 번뜩였다. 산묘에서 한줄기 은은한 불빛이 새어 나오고 있었다.

'사람?'

한밤중에 인적이 드문 산길에서 낯선 사람과 마주치는 것은 결코 유쾌한 경험일 수 없었다. 요괴도 무서워 않는 그였지만 사람만큼은 께름칙했다.

강호란 어떤 미치광이들이 돌아다니고 있을지 모르는 곳

이다. 특히 마교가 무림을 일통하고 난 후 온갖 방문좌도를 익힌 괴물들이 제 세상을 만난 것처럼 활보하는 이때에 인적 없는 곳에서 낯선 사람과의 조우는 적지 않은 위험을 동반한다.

'어쩐다……'

그사이 빗줄기는 더욱 굵어졌다.

그럴수록 산묘에서 새어 나오는 불빛은 어서 오라고 손짓하는 것 같았다.

'오들오들 떨며 산을 넘는 것보단 낫겠지.'

노인은 바랑에서 비수를 꺼내 소매 속에 감추고는 서둘러 산묘를 향해 달려갔다. 강호를 떠돌며 익힌 한 자락 무공도 있거니와 지난 세월 겪은 숱한 산전수전을 생각하면 이 정도로 물러날 그가 아니었다.

가까이서 보니 산묘는 폐허가 되기 직전이었다. 담벼락은 군데군데 무너졌고 지붕은 반쯤 무너져 비가 들이쳤다. 빛은 너덜거리는 문짝 사이로 흘러나오고 있었다.

"험험."

노인은 적의가 없음을 알리기 위해 먼저 기척을 흘렸다. 이어 상대가 마음의 준비를 할 시간적 여유를 준 다음 부서진 문을 천천히 밀고 들어갔다.

과연 한 사람이 있었다.

스물대여섯 살이나 되었을까?

청의장삼을 단정하게 차려입은 백면서생(白面書生)은 부작대기로 모닥불을 쑤시다 말고 노인을 뚫어지게 바라보았다. 얼굴이 잔뜩 언 것이 그도 어지간히 놀란 모양이었다.

노인은 조금 안심했다.

상대가 긴장하고 있다는 것은 최소한 살인마는 아니라는 걸 말해주기 때문이었다. 하지만 긴장의 끈을 놓지는 않았다.

"대별산으로 가는 나그네라오. 갑자기 비를 만나 발을 동동 구르던 중에 산묘에서 새어 나오는 빛을 보고 그만… 실례가 안 된다면 곁불이라도 쬘 수 있게 해주겠소?"

서생이 한쪽으로 옮겨 앉는 것으로 대답을 대신했다. 노인은 서생이 피해준 곳으로 가서 자리를 잡고 앉았다.

바랑을 풀어놓고 양손을 불 가까이 대자 그제야 몸이 좀 녹는 것 같았다. 모닥불의 열기에 비에 젖은 옷자락으로부터 허연 수증기가 모락모락 피어올랐다.

서로가 경계심을 풀지 않는 가운데 한동안 어색한 침묵이 흘렀다. 모닥불 위에는 참새 몇 마리가 꼬챙이에 낀 채 노릇노릇 익어가고 있었다. 때마침 노인의 뱃속에서 꼬르륵 소리가 났다. 그러고 보니 아침나절에 건량 몇 개 먹은 게 전부였다.

"하나 드시겠습니까?"

서생이 꼬챙이 하나를 집어 내밀었다.

"고맙소."

노인은 꼬챙이를 받아 든 다음 무언가 생각난 게 있는 듯 서둘러 바랑을 뒤졌다. 그리고 호리병 하나를 꺼내 서생을 향해 흔들어 보였다.

"작육(雀肉)도 고기일진대 술이 없어서야 쓰나."

서생의 얼굴에 비로소 웃음기가 번졌다.

노인도 환하게 웃었다.

"난 설은몽이라고 하오."

호리병이 두어 번 오간 끝에 노인 설은몽이 말했다. 사내의 나이 높게 보아도 서른 훨씬 안쪽, 몇 마디 말을 나누고 서로 적의가 없음을 확인한 터라 말투는 자연히 편안해졌다.

"당엽이라고 합니다."

"보아하니 유생 같소만, 야심한 밤에 어쩌다 산에서 밤을 보내게 되시었소?"

설은몽이 사내의 옆에 놓인 보퉁이로 시선을 던지며 물었다. 매듭을 풀어 모닥불 가에 놓아둔 보퉁이에는 비에 젖은 종이가 수북하게 쌓여 있었다. 책으로 엮으면 십여 권은 족히 나올 듯했다.

"흑수목(黑水牧)에 유서 깊은 의원이 있다기에 갔다가 필요한 약방문(藥方文)을 필사해 돌아가는 길에 그만 날이 어두워졌습니다."

"의원이시오?"

"아닙니다. 그저 소일거리로 약초를 좀 키우고 있지요."

"음… 오래된 약방문은 돈을 주고도 못 구한다는 얘기를 들은 적이 있지. 무슨 사연이 있는지는 모르나 배움을 구하고자 백 리 길을 마다치 않는 젊은이의 정성이 참으로 갸륵하구려."

"노인장께선 어인 일로 이 밤에 산행을 하시는 겁니까?"

"껄껄껄. 난 평생을 동가식서가숙(東家食西家宿) 해온 사람이라오. 노정에 밤을 만나는 것도, 산중에서 노숙을 하는 것도 이상할 것이 없지."

"혹……."

"괘념치 말고 물어보시오."

"설객(說客) 대인을 아십니까?"

"그건 왜 물으시는 게요?"

설은몽의 눈동자에 살짝 기광이 맺혔다.

"석년에 강호기인이사록(江湖奇人異事錄)이라는 야서를 읽어본 적이 있지요. 워낙 인상에 남았던지라 저자를 눈여겨보았는데, 그때 저자의 이름이 설객 설은몽 대인이었습니다. 동가식서가숙한다고 하신 데다 마침 존함이 같으니 여쭈어본 겁니다."

"껄껄껄. 노부가 바로 설객이라오."

설은몽이 호탕하게 웃었다.

서생의 두 눈이 홉떴다.

그는 그렇게 유명한 사람을 만날 줄을 꿈에도 몰랐다는 듯 한동안 멍한 표정을 지었다. 그러다 갑자기 포권을 하며 말했다.

"뵙게 되어 영광입니다."

"뭐 그렇게까지나."

"실례가 안 된다면 이후 만난 기인이사들에 대한 얘기를 청해 들을 수 있을까요?"

"밤도 깊고 하니 그럼 그럴까?"

기분이 좋아진 설은몽은 턱수염을 쓸었다.

말투도 하대로 바뀌었다. 그리고 잠시 후 그가 만난 괴이하고 신비로운 인물에 관한 이야기를 시작했다.

설은몽이 처음 그 이상한 이야기를 들은 것은 사천을 지나던 중 우연히 들른 어느 객점에서였다. 그곳에서 그는 오래전에 사라진 상산괴의(常山怪醫)를 자처하는 노인을 만났다. 설은몽은 폐인이 된 그에게 술을 조건으로 그가 만났던 괴이한 일가족에 관한 이야기를 들을 수 있었다.

"눈보라가 치던 밤이었소. 그때 나는 심산 초옥에서 홀로 지내고 있었는데 그가 나타났소. 짐승 가죽을 뒤집어쓰고 허리에는 칼을 찼는데 흩날리는 눈발 사이로 보이는 눈동자가 얼음장처럼 차가웠지. 그는 내게 상산괴의가 맞느냐고 묻고는 함께 가자고 했소. 거절할 수가 없었소. 그랬다간 차디찬 칼이 배를 쑤시고 들어올 것만 같았거든. 안대로 눈을 가린 채 몇 날 며칠을 걸었소. 그러다 마침내 산속 작은 초옥에 당도했지. 그곳에 두 명의 아이가 있었소. 열서너 살가량의 사내아이와 일고여덟 살가량의 여자아이였소. 환자는 여자아이였소. 아직까지 살아 있다는 게 믿기지 않을 정도로 심각한 상태였지."

"어떤 병이었소?"

"워낙 희귀한 병이라 병명조차도 없었소. 다만 나는 요괴몽(妖怪夢)이라 불렀소. 눈을 감으면 우귀사신(牛鬼蛇神)들이 나타나 몸을 뜯어먹는 환청과 환각에 시달리지. 마치 요괴가 꾸는 꿈처럼 말이오. 정기신이 급속도로 고갈되기 때문에 대개는 서너 살을 넘기지 못하고 죽는 법인데 이상하게도 여자아이는 일곱 살이 될 때까지 살아 있었소. 그때부터 치료가 시작되었소. 병을 낫게 하기 위한 것이 아닌 목숨을 연명하기 위한 치료였지."

"아비는 무얼 하는 사람이었소?"

"나도 모르오. 일 년의 대부분은 집을 떠나 있었는데 어쩌다 한 번 돌아오는 날엔 이상한 인간들을 한 명씩 대동했소."

"이상한 인간들?"

"온갖 기형이병(奇形異兵)을 든 자들이었소. 그들은 매번 바뀌었는데 초옥에 머무는 동안 사내아이, 그러니까 여자아이의 오라비에게 무공을 가르쳤소. 내 비록 무학에는 문외한이나 하나같이 예사로운 무공이 아니었던 것만은 확실하오. 한데 진짜 괴물은 따로 있었소."

"무슨 말이오?"

"그 사내아이… 놈이야말로 진정한 괴물이었소. 그 어떤 괴공절학(怪功絶學)도 단 열흘 만에 똑같이 재현해 냈소. 미친 소리처럼 들리겠지만 사실이오. 이 두 눈으로 똑똑히 보았소."

"그래서 어떻게 되었소?"

"열흘이 지나면 아비는 언제나 그랬던 것처럼 괴물들을 데리고 초옥을 떠났소. 그러면 놈이 아비가 두고 간 재물을 들고 어디론가 가서는 치료에 필요한 영약들을 구해왔소. 실로 막대한 재물이 들어갔소. 그렇게 삼 년쯤 흘렀나? 언제부턴가 아비가 돌아오지 않은 거요. 나는 그가 죽었다는 걸 직감적으로 알 수 있었소. 놈도 그랬던 모양이오. 놈은 마치 오래전부터 그날을 준비하기라도 한 것처럼 차분했소. 아비가 두고 간 머리카락 한 줌을 땅에 묻고 혼자 묵묵히 장례를 치르

더니 초옥에 불을 질렀소. 이제부터 놈이 여자아이를 지킬 차
례였지. 아비가 괴물들을 데려와 놈을 가르친 것도 바로 그날
을 위한 안배였던 것이오. 자신이 죽고 난 후에도 아들이 동
생을 지킬 수 있도록……."

"사내아이는 왜 초옥을 떠나려고 한 거요?"

"이미 여러 사람에게 노출이 된데다 아비가 죽었다는 게
알려지면 위험했으니까. 병든 동생을 업고 초옥을 떠나기 직
전 놈이 내게 그러더군, 꼭 죽이고 싶은 사람이 있으면 한 명
만 말하라고. 난 한 사람의 이름을 말했소. 놈은 고개를 끄덕
인 후 초옥을 떠났소. 그리고 한 달이 지난 후 음산신마(陰山
神魔)가 기루에서 시체로 발견되었다는 소문을 들었지."

음산신마는 산동 일대를 떠돌며 수많은 유녀를 겁간하고
살해한 미치광이 살인마다. 상산괴의가 제 입으로 말한 적 없
지만 설은몽은 음산신마에게 당한 사람들 중에 상산괴의의
아내와 자식이 있었다는 걸 알 수 있었다.

여기까지 이야기를 들었을 때 설은몽은 그 남매가 어떻게
되었는지 궁금해서 견딜 수가 없었다. 하지만 안타깝게도 상
산괴의는 더 이상 아는 게 없었다.

설은몽은 모든 인맥과 정보력을 동원해 그 남매와 비슷한
인상착의를 지닌 자들을 수소문했다. 그러던 어느 날 낙양의
오래된 홍등가 뒷골목에서 그와 비슷한 인물을 안다는 괴인

을 만날 수 있었다. 팔다리가 모두 잘려 나간 그는 무덤처럼 컴컴한 골방 안에서 쓸쓸하게 옛일을 회상했다.

"미친놈이었지. 대가리에 피도 안 마른 놈이 어느 날 갑자기 찾아와서는 귀왕(鬼王)의 목을 가져다주면 얼마를 주겠냐고 묻더이다. 귀왕은 우리와 대척 관계에 있던 묘혈(墓穴)의 혈주로 얼굴을 아는 사람이 없었소. 난 미친 소리라 생각하고 놈의 키만큼 돈을 쌓아주겠다고 했지. 한데 한 달 후 놈이 귀왕의 수급을 들고 다시 나타난 거요."

"귀왕이 죽은 일에 그런 사연이……."

"그때부터 놈에게 소악마(小惡魔)라는 별호가 따라다녔지. 일 년을 머무르는 동안 이십여 차례의 살행을 나갔소. 놈의 솜씨는 그야말로 완벽했지. 마치 처음부터 살인을 위해 태어난 인간처럼."

"단 일 년 만에 스무 명이나 죽였단 말이오?"

"크크크, 바보 같은 소리를 하는군. 이십 번의 살행을 나갔다고 해서 딱 이십 명만 죽이고 돌아오는 법은 없소. 침투하는 과정에서 죽이고, 목표물을 제거하는 과정에서 죽이고, 후퇴하는 과정에서 또 죽이는 게 살행의 본질이오."

"그럼 도대체 얼마나 죽였단 말이오?"

"그거야 놈만 알겠지. 그러던 어느 날 놈이 큰 건을 하나 물어다 달라고 합디다. 얼마나 큰 건을 원하느냐고 했더니 구백만 냥짜리라고 하더군."

"구백만 냥! 그런 청부가 있단 말이오?"

"있을 리가 없잖소. 다시 생각해도 정말 미친놈이었지. 하지만 지랄 맞게도 난 놈의 말에 홀려 버렸소. 성사만 시킨다면 본총의 역사를 새로 쓰게 될 테니까. 해서 내가 청부자를 직접 찾아다니게 되는 초유의 사태가 벌어진 거요."

"그만한 액수의 청부자를 구하는 게 가능하오?"

"사실 아주 간단하게 해결됐소. 매우 강하고 적이 많은 한 사람을 정해놓고, 그를 제거하고 싶어할 것 같은 사람과 접촉을 했지. 마침내 한 곳을 찾았소. 그들은 막강한 권력을 휘두르는 자들이었고, 그들과 거래를 한다는 건 내게도 적지 않은 모험이었소. 실패할 경우 엄청난 후폭풍을 감당해야 했으니까."

"도대체 구백만 냥짜리 목이 누구요?"

"크크크. 감당할 수 있겠소?"

"……!"

"그는 바로 혼세신교의 교주였소."

설은몽은 소름 끼치는 충격에 한동안 말문을 열지 못했다. 동시에 이쯤에서 멈춰야 한다고 생각했다. 더 나아갔다가는 언제 칼을 맞을지 모른다는 본능적인 느낌이 들었기 때문이다. 하지만 끝내 그놈의 고질병을 이기지 못하고 묻고 말았다.

"거사는 성공했소?"

"실패했소. 놈의 유일한 실패였지. 신궁에 잠입하기 위해 신도에 숨어 때를 기다리던 중, 뜻하지 않은 인물을 만나 접전을 치렀소. 암중에서 싸움을 지켜본 수하의 보고에 따르면 그야말로 박빙이었다고 하더군. 그러다 간발의 차이로 일검을 허용했고 중상을 입었지. 괴인은 어쩐 일인지 소악마를 죽이지 않고 그대로 살려보내 주었다고 했소."

"그 괴인은 또 누구요?"

"십병귀……."

"십병귀? 처음 듣는 별호로군."

"크크크. 그는 유령이지. 어디에도 존재하지 않되 또 어디에나 존재할 수 있는. 우리 세계에서는 무적자로 불리지. 비록 거사는 실패했지만 그 후 소악마는 십병귀와 싸워 살아남은 유일한 인물이 되었지."

"그래서 어떻게 되었소?"

"무슨 이유에선지 소악마는 잠적해 버렸고, 비밀이 새나가는 걸 막기 위해 청부자 쪽에서 고수들을 보내왔소. 단 세 명. 본총의 특급살수 백오십이 불과 한나절 만에 그들 세 명에 의해 짓밟혔소. 난 가까스로 목숨을 건졌지만 이 모양 이 꼴이 되었지. 크크크."

"어떻게 하면 그를 만날 수 있소?"

"모르오. 알고 싶지도 않고. 약속했던 은자나 주시오."

수많은 무림고수를 공포에 떨게 한 중원제일의 살수집단 백골총(白骨塚)이 하루아침에 사라진 사연을 설은몽은 그렇게 들을 수 있었다.

그리고 괴인이 말한 인물이 그 남매의 오라비라고 확신했다. 그건 논리적으로는 설명할 수 없는 어떤 직감 같은 것이었다.

백골총이 있었던 금모산(金毛山)으로부터 멀지 않은 곳에 위치한 어느 암자에서 설은몽은 자신의 직감이 틀리지 않았음을 확인할 수 있었다.

여동생이 머문 흔적을 발견한 것이다.

미루어 짐작하건대 그는 여동생을 절에 맡겨두고 백골총으로 들어간 것 같았다. 그리고 약값을 벌기 위해 살인을 저지르며 전 중원을 돌아다닌 것이다. 설은몽은 승려를 통해 그동안에 있었던 일을 소상히 들을 수 있었다.

"장대비가 쏟아지던 날 밤 병든 여자아이를 업고 나타났소. 여자아이는 병고에다 오랜 여행의 피로까지 겹쳐 죽기 직전이었지. 내 생전 그처럼 간절한 눈빛을 본 적이 없소. 선방 하나를 내어줬더니 처빙진을 주면서 돈은 얼마가 들어도 좋으니 약재를 구해 매일 달여달라고 하더이다."

"그는 무얼 했소?"

"대부분은 절을 떠나 있었소. 어쩌다 한 번 돌아오는 날엔 엄청난 양의 재물을 지니고 왔소. 그러곤 하루 정도 머물다 떠나길 반복했소. 나는 그가 두고 간 재물로 약재를 사서 여자아이를 보살폈소. 하나같이 인세에 보기 드문 영약들인지라 실로 막대한 재물이 들어갔소."

"그가 무슨 일을 해서 돈을 버는지 알고 있었소?"

"물론이오."

"한데 왜 내쫓지 않았소?"

"그 남매를 내쫓으면 그의 손에 죽는 사람들은 살릴 수 있겠지. 하지만 여자아이는 당장에 죽었을 거요. 시주라면 어떤 결정을 내렸겠소?"

"제가 말을 너무 가볍게 했군요."

"아니외다. 실은 남매를 받아들인 후 빈승도 매일같이 했던 고민이외다. 승의 몸으로 어찌 죽어 마땅한 사람이 있다고 하겠소만, 그래도 그의 손에 죽는 사람이 악인이어야 한다는 조건을 내걸었지. 그랬더니 한참을 고민하다가 그동안 죽인 사람들의 명부(名簿)를 보여주더이다. 그날 이후 나는 더 이상 그를 설득할 수 없었소. 아미타불……."

"한데 그는 왜 떠났소?"

"동생이 죽었기 때문이오."

"여자아이가… 죽었다고요?"

"어느 날 그가 엄청난 거액을 가지고 돌아왔소. 하지만 부질없는 짓이 되어버렸지. 여자아이가 오라비가 무슨 일을 해서 돈을 버는지 알아버렸거든. 그때부터 약을 거부했소. 누군가를 죽여야 자신이 살 수 있는 삶이 얼마나 고통스러웠겠소. 그는 동생의 뜻을 담담히 받아들였소. 그리고 손을 꼭 잡고 마지막 순간까지 동생의 머리맡을 지켰소."

"결국… 그렇게 되었구려."

"한데 죽기 직전에 동생이 이상한 소리를 했소."

"뭐라고 했기에……?"

"포기하지 말고 끝까지 달리라고. 그게 유언이 된 셈인데, 난 아직도 그 말의 의미를 모르겠소. 마지막 순간에 환청이 들렸을 수도 있고, 아니면 오라비의 앞날에 관한 어떤 예지(予知)를 읽었을 수도 있겠지. 어쨌든 그는 동생의 뼛가루를 강물에 뿌린 후 평소 동생이 머리에 꽂았던 목련은잠(木蓮銀簪)을 챙겨 홀연히 떠났소. 아미타불."

"문득 그런 생각이 들더군. 아비가 은둔고수들을 데려와 아들에게 무공을 가르치도록 한 것이 어쩌면 딸이 아닌 아들을 위해서가 아니었을까? 그는 자신이 죽고 나면 아늘이 여동생을 지키기 위해 무슨 짓이라도 할 거라는 사실을 알고 있었을 테니까 말일세. 그때 아들이 험한 강호에서 살아날 수 있도록 어쩔 수 없는 선택을 한 것은 아니었을까, 하고 말이야. 새외로부터 나타난 마병(魔兵)들이 대륙을 해일처럼 휩쓸던 그 환란의 시대에 부자(父子)는 세상과 동떨어져 그들만의 전쟁을 하고 있었던 게지."

이야기는 이제 거의 끝나가고 있었다.

서생은 이야기에 흠뻑 빠졌는지 쓸쓸한 표정을 짓고 있었다. 흡족한 설은몽은 말을 이어갔다.

"이제는 청년이 되었을 그 사내아이를 찾아 나는 다시 세상을 떠돌기 시작했다네. 장장 삼 년 동안이나. 그리고 마침내 어느 약초꾼으로부터 그와 비슷한 인상착의를 지닌 사람이 대별산 어느 골에 살고 있다는 얘길 듣고 찾아가는 길이라네."

"대저 살수란 자들은 사람 목숨을 파리처럼 여긴다고 들었습니다. 봉변이라도 당하시면 어쩌려고……."

"천성이 궁금한 걸 참지 못하니 어쩌겠나. 그의 얼굴을 멀리서라도 한 번은 꼭 봐야만 직성이 풀릴 것 같다네. 다만 한 가지 바라는 것이 있다면 인생의 가장 빛나는 시절을 그처럼 처절하게 보낸 그가 이제라도 자신의 삶을 살았으면 하는 것이라네. 어떻게 지내고 있을지 모르겠군."

이야기를 끝낸 설은몽은 호리병을 집어 들었다. 쉬지 않고

떠들었더니 목이 탔나 보다. 그때쯤엔 날이 밝아오고 있었다. 이야기를 나누다 보니 그만 밤을 홀딱 새버린 것이다.

"비가 그쳤군요."

서생이 바깥을 돌아보며 말했다.

그가 잠깐 고개를 돌리는 순간 설은몽은 서생의 목에 걸려 있는 반짝이는 물건을 보았다. 가죽끈에 매달려 옷깃 사이로 살짝 보이는 그것은 분명 목련 꽃 모양의 은잠(銀簪)이었다.

철퍽!

손에서 떨어진 호리병이 깨지면서 술이 사방으로 튀었다. 설은몽은 정수리에서부터 발끝까지 벼락이 관통하는 듯한 충격을 느꼈다. 털이 곤두서고 사지가 바들바들 떨렸다.

서생은 태연한 신색으로 보퉁이의 매듭을 묶더니 천천히 자리에서 일어났다. 문을 나가기 직전 서생은 걸음을 멈추고 말했다.

"그는 아마 노력하고 있을 겁니다."

서생은 이내 서광 속으로 사라졌다.

서생이 앉았던 자리엔 피가 낭자하게 흐르는 고양이 한 마리가 엎어져 있었다.

경고였다.

다시 한 번 사신의 뒤를 캤다간 난사당해 죽을 거라는 경고. 설은몽은 망연자실한 얼굴로 아래를 내려다보았다. 바짓

가랑이가 축축하게 젖어 있었다. 저도 모르게 오줌을 지린 것이다.

*　　　*　　　*

온천욕은 한 시진마다 일각씩 쉬어주는 방식으로 진행됐다. 유황의 농도가 짙어 오래 있을 경우 현기증도 나고 무엇보다 몸이 퉁퉁 불어 견딜 수가 없기 때문이었다.

그러다 쉬고 들어가는 것에 순서를 정했고, 그때마다 쉬는 사람들은 목옥에 쌓아둔 쌀로 밥을 지었다.

자세히 뒤져 보니 목옥엔 건량과 말린 소채도 적지 않았다. 아마도 산짐승이 찾아올 것을 우려해 깊이 숨겨둔 모양, 건량은 온천물에 불려 먹었고 말린 소채는 역시나 온천물에 데쳐 먹었다.

온천욕은 밤에도 계속되었다.

몸을 불리고, 밥을 먹고, 자고 그렇게 사흘이 지났지만 목옥의 주인은 어쩐 일인지 나타나지 않았다. 운기행공을 하겠다며 들어간 엽무백도 나오지 않았다.

당소정은 이만하면 충분히 향을 뽑았다고 판단, 엽무백을 불러내기 위해 방문을 열었다가 하마터면 기절할 뻔했다.

방 안 가득 흡사 빙동에 들어온 듯한 한기가 느껴졌기 때문이었다. 엽무백은 그 한가운데서 얼음가루를 뒤집어쓴 채 정좌를 하고 있었다.

무언가 중요한 관문을 지나고 있음을 직감한 당소정은 사람들과 의논을 했고, 엽무백이 나올 때까지 일단 기다리기로 했다.

"아직도 그러고 계셨어요?"

저녁거리를 장만하기 위해 사냥을 나갔던 진자강이 토끼 한 마리를 들고 와서 말했다.

"딱히 할 일도 없잖아."

법공이 온천물 안에서 목만 쏙 내놓은 채 말했다.

"지겹지도 않으세요?"

"지겹기는, 삼십 년 묵은 피로가 싹 가신다."

"하여간 이상한 아저씨라니까."

진자강은 토끼를 내려놓고 배를 갈라 가죽을 벗긴 다음 미리 피워둔 모닥불 위에 척 얹었다. 불에 닿자 고기가 칙칙 소리를 내며 수증기를 뿜어내기 시작했다.

"그게 다냐?"

"뭐가요?"

"토끼 한 마리가 다냐고."

"예."

"그걸 누구 코에 붙여?"

"저 혼자 먹기에는 충분하거든요."

"그 많은 걸 혼자 다 먹겠다고?"

"방금은 작다면서요."

"넷이 먹기엔 턱도 없다는 소리지."

"혼자 먹을 거라니까요?"

"그 많은 걸 혼자 다 먹겠다고?"

"방금은 작다면서요."

"넷이 먹기엔 턱도 없다는 소리지."

'내가 지금 무슨 소릴 하고 있는 거지?'

'내가 지금 무슨 소릴 하고 있는 거지?'

진자강과 법공은 한순간 똑같은 생각을 했다.

가끔씩 정신도 몽롱하고, 기억도 깜빡깜빡하는 게 온천욕을 하고 나서부터 뭔가 좀 이상해진 것 같았다.

"어쨌든 그 뒷다리 하나는 내 거다."

법공이 살이 토실토실하게 오른 뒷다리를 향해 나름 목을 쭉 빼고 말했다.

"일하지 않는 자 먹지도 말라고 그랬네요."

"누가?"

"모르셨어요? 당대(唐代)의 유명한 선승(禪僧) 백장대사(百丈大士)께서 하신 말씀인데."

법공은 흠칫했다.

그래도 명색이 소림의 십팔나한이었는데 아이도 아는 선승의 가르침을 자신이 몰랐다는 게 말이 되는가.

"백장대사라… 당대에는 워낙 스님들이 많이 배출되었지. 별로 유명하지 않은 스님이셨나 보구나."

"아닌데, 이십 세에 서산(西山) 혜조(慧照) 스님을 따라 출가, 후일 큰 깨달음을 얻어 백장사(百丈寺)를 창건하시고 선풍(禪風)을 일으킨 일대 고승이신데."

"아, 그 백장대사. 난 또. 암 훌륭한 분이시지. 생전에 수많은 제자를 길러내셨지만 애석하게도 법문(法文)을 엮지 않아 선맥을 이은 스님들이 아니면 아무리 불가의 제자라고 해도 대사의 가르침을 아는 이가 적지. 용케도 네게 인연이 닿은 모양이구나. 껄껄껄."

"아닌데, 백장청규(百丈淸規)라는 유명한 불경에 나오는 구절인데. 백장청규는 웬만한 절간에는 하나씩은 있는 불경인데."

"……!"

"……?"

갑자기 분위기가 싸늘해지면서 두 사람 사이에 무언의 대화가 오고 갔다. 대충 이러한 내용이었다.

'알미운 놈.'

'스님 출신 맞아?'

'나 스님 출신 맞거든.'

'그런데 왜 그렇게 무식해요?'

'난 무승이거든.'

'무승은 스님 아닌가?'

'학당 다닌다고 다 유식하냐?'

진자강은 고개를 절레절레 흔들고 칼을 집어 들었다. 몽중연에서 금 노인에게 얻은 칼은 튼튼한데다 무게와 길이가 적당해 딱 좋았다. 진자강이 걸음을 옮기려 하자 법공이 불러 세웠다.

"어디 가?"

"수련하려요."

"그냥 여기서 해."

"타인이 지켜보는 앞에서는 함부로 수련하지 않는 거라고 배웠어요. 하물며 제가 수련하려는 게 광동진가의 비전도법임에야 더 말할 필요가 없겠죠."

"우리가 남이냐?"

"광동진가의 사람이 아닌 건 확실하죠."

"됐고. 그냥 여기서 해."

"왜요?"

"엽무백이 네 곁에서 떨어지지 말라고 그랬어."

"엽 아저씨가… 왜요?"

"제법 눈치가 빠른 줄 알았는데 아직 덜 까졌네?"

"예에?"

"그가 마두라는 건 너도 알지? 마두가 광동진가의 무공을 볼 수는 없지 않겠어? 해서 불문 정종 소림의 무맥을 이은 내가 너의 무공 교두가 되어주라는 뜻이겠지."

"진짜… 예요?"

"무릇 무공이란 초석부터 다져야 하는 법. 걷지도 못하는 게 뭘 생각부터 하면 반드시 주화입마에 걸리고 만다. 도를 쥐었다면 도의 초석을 먼저 다져야 하지. 마보(馬步) 실시!"

"……?"

"마보 실시!"

뭔가 께름칙한 느낌에 진자강은 입맛을 다시며 마보를 펼쳤다. 마보는 두 다리를 어깨너비로 벌린 다음 무릎을 구부린 채 근력을 기르는 수련 법이다. 그 자세로 걷는 것은 동공(動功), 가만히 버티는 것을 정공(停功)이라 한다.

동공보다는 당연히 정공이 수월하다.

진자강은 꾀를 부려 가만히 서 있었다.

천만다행으로 법공은 그것에 대해 뭐라 하지 않았다.

"칼을 뻗어라. 칼끝은 무사의 눈이다. 가상의 상대를 정한 다음 칼끝으로 목을 겨누어라. 실력보다 중요한 것이 기백이다. 고수들의 승부는 이 기백에서 이미 갈라지지. 내가 저놈의 숨통을 끊어버리겠다는 생각으로 칼끝을 노려보아라."

법공의 목소리가 전에 없이 진지한 탓일까?

진자강은 한순간이나마 법공이 골탕먹이려 한다고 생각한 자신이 부끄러웠다. 진지한 동작으로 칼을 들어 상대의 목을 겨누었다. 동시에 눈에 힘을 팍 주며 칼끝을 노려보았다. 실력보다 중요한 것이 기백이라는 말이 어쩐지 와 닿았다. 기백만 기르면 상대가 제아무리 고수라고 해도 이길 수 있다는 말이 아닌가.

법공은 씨익 웃으며 소의 가장자리에 등을 기댔다. 마보는 가장 간단한 동작이면서도 가장 많은 체력을 소모하는 수련법이다. 어지간히 노련한 사람도 일다경이면 사지가 후덜거리고 반 시진이면 땀이 비 오듯 쏟아지게 마련이었다.

'시키, 한번 죽어봐라.'

그때 죽림으로 들어갔던 당소정이 돌아왔다. 손에 들린 망태기에는 이름 모를 열매, 풀뿌리, 꽃, 버섯 따위가 가득했다. 그중엔 복숭아처럼 생긴 것도 있었다.

"그건 뭐요? 맛있어 보이네."

법공이 물었다.

"사왕(死王), 유령초(幽靈草), 마비혈(痲痺血), 생사복(生死茯) 등속이에요."

"이름이 심상치 않아 보이오만."

"맹독이니까요."

"……!"

"죽림은 전체가 거대한 독초밭이에요. 목옥에서 한 걸음만 나가도 이런 독물이 지천으로 널렸어요. 마치 누군가가 일부러 키우는 것처럼."

말을 하는 당소정의 소맷자락에서 알록달록한 실뱀 한 마리가 스르륵 기어나와 그녀의 손목을 타고 오르다 다시 소매 속으로 사라졌다.

보기만 해도 독기가 짜르르 울리는 것이 필시 맹독을 지닌 독사이리라. 법공과 진자강은 마른침을 꼴딱 삼키면서 생각했다.

'절대로 가까이 가지 말아야겠다.'

"그는 아직도 나오지 않았나요?"

엽무백을 말하는 것이었다.

"죽은 거 아닌가 모르겠네."

법공이 말했다.

아직도 깜깜무소식이라는 말이었다.

당소정은 걱정스러운 얼굴로 엽무백이 사라진 방문을 응시했다.

'도대체 무슨 생각을 하는 거지……?'

그때, 죽림에서 한줄기 미풍이 불더니 그림자 하나가 새처럼 날아들었다. 십리경을 뽑아 들고 척후를 살피러 갔던 조원원이었다.

조원원의 은밀하고 쾌속한 신법을 보며 당소정은 속으로 크게 감탄했다. 해월루의 경신 공부는 자타가 공인하는 천하제일의 무학, 스물 몇의 나이에 저만한 경지에 들 정도면 지난날 그녀가 얼마나 뼈를 깎는 수련을 했는지 알 수 있었다.

감탄하기는 법공 역시 마찬가지였다.

그들은 조원원이 엽무백의 조언을 듣고 크게 깨우친 바가 있어 짬이 날 때마다 남모르게 수련을 했다는 걸 몰랐다.

사람들이 감탄하는 사이 마당으로 떨어져 내린 조원원이 다급히 말했다.

"엽 공자를 깨워야 해요."

"무슨 일인데 그렇게 호들갑을 떠는 거요?"

법공이 여전히 온천에 몸을 담근 채로 심드렁하게 물었다.

"시간이 없어요. 어서 그를 불러내야 해요."

"무슨 일인지 차근차근 말해봐요."

당소정이 말했다.

조원원은 말보다는 행동으로 대답을 대신했다.

갑자기 허리춤에 맨 연검을 뽑아 들더니 마당 가장자리에 있는 대나무를 참하기 시작한 것이다. 내력이 실린 두어 번의 칼질에 대나무 수십 그루가 시끄러운 소리를 내며 쓰러졌다.

본시 마당 가장자리에 자라는 대나무는 몸을 비빌 나무가 없는 목옥 쪽으로 비스듬히 기울어진 채로 자랐다. 덕분에 죽림 한가운데 목옥이 자리했음에도 하늘이 보이지 않았다. 그걸 조원원이 잘라내자 갑자기 허공에 구멍이 뻥 뚫렸다.

손바닥만 한 공간으로 창공을 날고 있는 까만 점이 보였다. 천응이었다.

사람들의 얼굴이 딱딱하게 굳었다.

"그들이 죽림을 포위하고 있어요."

"숫자는?"

당소정이 물었다.

그녀의 목소리에도 다급함이 묻어났다.

"일천, 이천? 모르겠어요. 천응이 나타나고 얼마 지나지 않아 능선 너머에서 한두 명씩 나타나기 시작하더니 순식간에 골짜기를 에워쌌어요."

"암향봉을 앞세웠을 거예요. 그래서 미처 파악하지 못했던 거죠."

"한데 이번엔 아무래도 숫자가 문제가 아닌 것 같아요. 십리경으로 골짜기를 살피는데 괴이하게 생긴 늙은이들이 선두에서 말을 타고 있었어요. 마교의 고수들로 보이는 자들이 뒤를 따랐는데 분위기로 미루어 그들을 매우 어려워하는 것 같았어요."

"고수를 불러냈군. 숫자는 천라지망을 펼치기 위한 것일 뿐, 정작 사냥을 하는 자들은 그들일 거예요."

"어서 여길 떠나야 해요."

그때 방문이 발칵 열리며 엽무백이 걸어나왔다.

모두의 시선이 엽무백을 향했다. 조원원과 당소정이 나누는 얘기를 그도 들었을 터, 지금이라도 서둘러 떠나야 한다.

"진자강, 체력을 비축해. 법공, 옷 입어."

엽무백은 이어 당소정을 돌아보며 물었다.

"죽림에 독초가 많은데 보았겠지?"

"네."

"당문에 마영지옥(魔影地獄)이라는 독진(毒陣)이 있다고 들었는데 만들 수 있겠소?"

"떠나는 게… 아닌가요?"

"만들 수 있소? 없소?"

"마영지옥이 어떤 건지는 알고 있나요?"

"결론만."

당소정은 엽무백을 한참이나 응시하다가 말했다.

"지금 가진 거론 본래 위력의 오 할 정도밖에 이끌어낼 수 없을 거예요."

"일다경 안에 끝내도록. 조원원, 당소정을 도와줘."

그걸로 끝이었다.

차가운 음성과 묵직한 기도, 엽무백은 그 어떤 질문도 허락하지 않았다. 그가 하는 행동에는 아무리 사소한 것이라도 이유가 있다. 짧은 시간이나마 그와 동행하면서 조원원은 그걸 깨달았다. 무모하고 황당해 보일지라도 사실은 톱니바퀴처럼 맞물려 들어가는 정교한 계획이 그의 머릿속에 들어 있었던 것이다.

조원원이 가장 먼저 움직였다.

그녀가 당소정에게 물었다.

"제가 뭘 도와드리면 되죠?"

"독물을 더 채집해야겠어요."

第十一章 그를 만나다

마영지옥은 수백 년 역사를 자랑하는 당문에서도 어지간한 상황이 아니고서는 좀처럼 펼치기를 꺼리는 극악의 독진이다.

　방법은 서로 다른 성질을 지닌 독 수십 종을 방위에 따라 당문 특유의 방식으로 설치하는 것으로 시작한다. 이 과정에서 쇠털처럼 가벼운 우모침을 비롯해 각종 기기묘묘한 암기들과 살아 있는 독충이 대거 소진된다.

　고래로 독은 같은 무게의 황금과 값어치가 같다는 말이 있다. 암기도 마찬가지다. 당문에서 만든 독과 암기는 어느 것 하나 예사로운 것이 없었고, 그것을 만드는 데 들어간 시간과 장인의 노동력은 황금에 비할 바가 아니었다.

때문에 당문을 막론하고 암기를 쓰는 강호의 고수들은 출수 후 반드시 수거를 한다. 암기는 그만큼 귀하다.

마영지옥은 당문의 여러 진법 중에서도 가장 많은 독과 암기를 소모하는 것으로, 어느 할 일 없는 사람이 심심파적 삼아 그 값어치를 매긴 적이 있었다. 결과는 소장원 한 채와 맞먹는 재물이 소모된다였다.

비싼 만큼 그 결과는 엄청났다.

일다경이 흐른 후 목옥을 중심으로 방원 십여 장은 지옥으로 변해 버렸다. 누구라도 발을 들여놓는 순간 급살을 맞으리라.

그들이 나타난 것은 마영지옥을 만드는 일이 거의 끝나갈 무렵이었다.

딸랑딸랑.

사이한 요령(妖鈴) 소리와 함께 등장한 사람은 모두 셋이었다. 마실을 나온 듯 한가로운 신색에도 불구하고 한 걸음을 옮길 때마다 대여섯 장씩 거리가 좁혀졌다.

사람들은 입이 쩍 벌어졌다.

한 걸음을 옮기려 해도 대나무가 잎을 가로막는 것이 대숲이거늘, 그래서 소수가 다수를 상대하기에 이만한 장소가 없거늘, 저들은 대체 무슨 조화를 부리기에 대나무 하나 상하지 않고 직선으로 걸어온단 말인가.

잠시 후, 세 명이 목옥 앞에 이르렀다.

얼마나 오래 살았는지, 머리카락은 하나같이 하얗게 세다 못해 은발로 변했고, 검버섯이 곰팡이처럼 가득 퍼진 얼굴은 원래의 형체를 알아볼 수 없을 만큼 쭈글쭈글했다.

하지만 셋을 구분하는 건 어렵지 않았다.

똑같이 늙은 와중에도 복색과 체형이 도저히 몰라볼 수가 없을 만큼 제각각 달랐기 때문이었다.

첫 번째 노인은 흡사 사마귀처럼 긴 목과 관절을 지닌 키다리였다. 주렁주렁 흘러내리는 검은색 고습(袴褶)에 검은 관을 쓰고 허리에는 역시나 검은 낙대(洛帶)를 둘렀는데, 그 모습이 흡사 저승사자처럼 섬뜩했다.

두 번째는 둥근 박에 머리와 팔다리를 박아놓은 것처럼 작고 뚱뚱한 노인이었다. 살집 때문인지 쭉 찢어진 눈매 사이로 자리 잡은 작은 동공이 음험하기 짝이 없었다.

복장은 사마귀 노인과 동일하되 황금색이라는 게 달랐다. 황금 염료로 물을 먹인 것이 아닌 진짜 황금사를 직조한 듯 걸을 때마다 옷자락이 눈부시게 반짝였다. 역시나 금으로 만든 낙대에는 자루가 달린 기다란 종 두 개가 매달려 있었다. 요령 소리는 바로 그 종에서 나는 것이었다.

세 번째는 노파였다.

머리카락은 소라 모양으로 틀어 올려 쪽을 지고, 복사뼈까지 내려오는 치마와 소매가 넓은 사라삼(紗羅衫)을 입었는데 허리춤엔 정체를 알 수 없는 줄이 뱀처럼 돌돌 말려 있었다.

하나같이 당대에 유행하던 복장들로, 세 사람은 마치 수백년 전의 과거에서 튀어나온 자들 같았다.

세 노인은 마영지옥이 펼쳐진 경내로 들어섰다.

후두두!

파파팟!

펑, 후우웅!

암기가 발사되는 미음이 연달아 울리고, 곳곳에서 독무가 솟구쳐 올랐다. 하지만 세 사람은 소맷자락을 휘젓는 간단한 동작으로 악명 높은 당문의 암기와 독무를 모두 몰아내 버렸다.

그러곤 목옥의 앞마당까지 거침없이 들어섰다.

순간, 사이한 기운이 목옥을 휘감았다.

차갑고, 섬뜩하고, 흠칫하게 만드는 그것은 시기(屍氣)였다. 그것도 수천 구의 시체가 한 곳에서 썩어야만 내뿜을 수 있을 강력한 시기. 법공, 조원원, 당소정, 진자강은 머리카락이 쭈뼛 곤두섰다. 동시에 똑같은 생각을 했다.

'엄청난 고수들이다!'

"네가 십병귀냐?"

가운데 있던 뚱보 노인이 대뜸 물었다.

"그렇다고 하더군."

엽무백이 말했다.

그는 여전히 대나무 의자에 비스듬히 앉아 있었다.

"듣던 대로 시건방지구나. 어른들을 뵈었으면 응당 예의를 차려야지."

"지랄들 하고 자빠졌네."

"껄껄껄. 철갑귀마대의 아이들 몇 명 죽이더니 눈에 뵈는 게 없나 보군. 아이야, 우리가 누구인지 아느냐?"

사마귀 노인이 허허롭게 웃으며 물었다.

"명계에 커다란 관이 있어 세 구의 시체가 누워 있다던가? 천제악이 어지간히 급했나 보군. 이미 관 속에 누운 시체들까지 불러낸 걸 보면."

"북천삼시(北天三尸)……!"

조원원이 목구멍을 쥐어짰다.

죽은 칠대 혼마는 무림 역사상 처음으로 구주팔황과 사해오로를 정복한 철의 무인이다. 그는 중원무림을 침공하기 이전에 북방 새외를 먼저 정벌했는데, 그 과정에서 기련, 곤륜, 천산 등의 신령한 산맥에 기생해 독버섯처럼 자라던 수많은 마도 종파를 없애거나 종속시켰다.

북천삼시는 그때 거둬들인 백명교(白冥敎)의 장로들이다. 당대로부터 이어져 온 사이한 무맥이 너무나 깊고 극강해 수백의 절정고수를 제물로 바치고도 혼마가 직접 나서서야 겨우 굴복시킬 수 있었다던가.

평상시는 관 속에 누워 지낸다.

무공의 특성상 시기를 흡취해야만이 생명을 연장할 수 있기 때문인데, 그들이 날뛰는 것을 방지하기 위해 혼세신교는 해마다 백 명의 동남동녀를 제물로 바친다는 소문이 있었다.

당소정은 자신의 독이 통하지 않았던 이유를 이제야 알 것 같았다. 북천삼시는 생기가 아닌 시기로 목숨을 연명하는 자들, 강력한 시기가 맹독을 모두 밀어내 버린 것이다.

사람들은 가슴이 철렁 내려앉았다.

북천삼시는 과거 무림맹의 장로들조차도 눈 아래로 보았던 전전대의 고수들, 그들이 나타난 이상 성한 몸으로 죽림을 빠져나가기는 애초에 틀렸다.

한데도 엽무백은 태연했다.

"여기까지 온 용건이나 들어볼까?"

"키키키. 귀여운 아이로군. 죽이기엔 아까워. 키키키."

노파가 두 개밖에 남지 않은 앞니를 드러내며 괴소를 흘렸다. 웃음소리가 예사롭지 않더라니 법공과 당소정, 조원원은 아찔한 현기증과 함께 오장육부가 가닥가닥 끊어지는 듯한 고통을 느꼈다. 내공이 약한 진자강은 고통을 이기지 못하고 바닥에 픽 쓰러졌다. 두 콧구멍에서 검은 피가 주르륵 쏟아졌다.

"닥쳐!"

엽무백의 일성이 터졌다.

창룡후(蒼龍吼)!

사람들은 흡사 화산이 폭발한 듯한 착각이 들었다. 그 충격의 여파로 대숲이 부르르 떨었다. 노파의 웃음소리가 뚝 그쳤다.

사람들은 그제야 정신을 차릴 수 있었다.

더불어 엽무백을 바라보는 눈길에 감탄과 경외가 실렸다. 창룡후는 불문의 사자후와 맥을 같이하는 음공의 대명사로 하늘을 찢어발긴다는 말이 있다. 엽무백이 창룡후를 터뜨리는 것은 처음 보았다. 눈앞에 나타난 자들이 그만큼 극강하리라.

당소정은 서둘러 진자강을 살폈다. 그리고 엽무백을 향해 고개를 미세하게 끄덕였다. 무사하다는 뜻이다.

엽무백이 노파를 향해 준엄하게 경고했다.

"한 번만 더 단장소(斷腸笑)를 흘리면 주둥이를 찢어주겠다."

"주둥이?"

노파의 얼굴이 흠칫 굳어졌다.

"그럼, 멱을 따러 온 시체들에게 공대를 할 줄 알았어? 내가 누군지는 알고 온 거야?"

세 노인의 표정이 동시에 굳어졌다.

만박의 부탁을 받고 오기는 했지만 십병귀라는 신분이 전부가 아님을 알고 있었다. 제아무리 귀신같은 솜씨라고 한들 살수 하나를 잡자고 자신들까지 불러낼 리 없을 테니까.

놈의 솜씨도 뛰어나지만 반드시 잡아 죽여야 할 또 다른 명제가 있는 것이다. 이번 일엔 분명 무슨 음모가 있다. 그게 여기까지 오는 동안 북천삼시가 내내 생각한 것이었다.

그렇다고 해도 달라질 건 없었다.

세 사람이 힘을 합치면 천하에 적수가 없다.

"교주께서 너를 만나겠다고 하셨느니라."

사마귀 노인이 말했다.

좀 전과 달리 착 가라앉은 목소리였다.

"때가 되면 내가 알아서 찾아갈 거라고 전해."

"무사히 빠져나갈 수 있을 거라고 생각하느냐?"

"당문의 마영지옥엔 사왕(死王)이라는 독이 필수로 들어가지. 이 독이 유황과 만나면 시체를 썩게 만드는 걸로 아는데, 용케도 견딜 만한가 보군."

그제야 당소정은 북천삼시의 이마에 맺히는 땀방울을 알아차렸다. 사왕과 유황이 만나 수배로 증강된 독기가 그들 세 사람을 짓누르고 있었던 것이다.

엽무백은 처음부터 북천삼시가 나타날 걸 알고 있었다. 마교에는 수많은 고수가 있다. 그들 중 누가 나타날지를 어떻게 알았을까? 그것도 줄곧 방 안에 틀어박혀서. 보면 볼수록 불가사의한 사람이라는 생각이 들었다.

"애석하군. 살 수 있는 유일한 기회였는데."

그 말을 끝으로 북천삼시는 연기처럼 사라져 버렸다. 북천삼시가 사라지자 조원원이 초조한 기색으로 물었다.

"어떡하죠?"

"금사도가 대하 인근에 있다는 걸 아는 이상 우리의 여정은 얼마 남지 않았다. 거리 따윈 문제가 되질 않아. 해서 이제부터는 전속력으로 대륙을 가로지를 것이다. 수많은 적을 만날 것이다. 그중에는 상상도 못할 초유의 고수들도 있다. 그들을 뚫고 나가려면 우리 쪽도 적지 않은 병력이 필요해. 하지만 현실적으로 그럴 수 없지. 해서 대병력을 대신할 수 있는 사람이 필요하다."

"그런 사람이 있을까요?"

"있어."

"그가 누구죠?"

"이 목옥의 주인."

"그를 기다리는군요. 그렇죠?"

"맞아. 곧 굉장한 놈이 나타날 거야."

『십병귀』 제4권에 계속…

THE KNIGHTS OF SQUARE

아더왕과 각탁의 기사

홍정훈 판타지 장편 소설

『비상하는 매』의 신선함, 『더 로그』의 치열함,
『월야환담』의 생동감.

그 모든 장점을 하나로 뭉쳐 만든 홍정훈식 판타지 팩션!

아더왕과 원탁의 기사.

전설의 검 엑스칼리버의 가호 아래 역사에 길이 남을 대왕국을 건설한
위대한 왕과 그의 충직한 기사들.

"…난 왜 이리 조건이 가혹해?!"

그 역사의 한복판에 나타난 이질적 존재, 요타!
수도사 킬워드의 신분을 빌려 아트릭스의 영주가 되어 천재적인 지략과 위압적인 신위를 휘두르며
아더왕이 다스리는 브리타니아에 정면으로 반기를 든다!

전설과 같이 시공을 뛰어넘어
새로운 아더왕의 이야기가 우리 앞에 나타난다!

Book Publishing CHUNGEORAM

유행이 아닌 자유추구 -
WWW. chungeoram.com

시공을 달리는 자

R U N N E R

임영기 장편 소설 런너

내 꿈은
21세기 나의 제국에서 그녀와 함께 사는 것이다

나는 전쟁의 신이며 또한 전능자(全能者) 런너다.

이제 내 행동은 역사가 되고 내 말은 법이 될 것이다.

Book Publishing CHUNGEORAM

유행이 아닌 자유추구 -
WWW.chungeoram.com